Zaraffel

Ausgabe 1/2022

Bibliografische Informationen der Deutschen Nationalbibliothek: Die Deutsche Nationalbibliothek verzeichnet diese Publikation in der Deutschen Nationalbibliografie; detaillierte bibliografische Daten sind im Internet über dnb.dnb.de abrufbar.

© 2022, Erik Eising (Hg.) via Zaraffel Gruppe Berlin
Herstellung und Verlag: BoD – Books on Demand, Norderstedt

AUSGABE 3, FEBRUAR 2022
Autoren: Moira Barrett, Mirona C., Stella Chachali, Georgios Dagkakis, Chen-Rui Eising, Erik Eising, Mark Farrier, Tim Redfern und Katja Schubel
Layoutentwicklung: Mirona C., Chen-Rui & Erik Eising
Umschlagabbildung: Chen-Rui & Erik Eising

Zaraffel Gruppe Berlin Kontakt:
Web: http://www.zaraffel-magazin.de
E-Mail: zaraffel@gmx.de

Titelfont ©Bloxy sowie ©Bloxy Stamped von *Mike™ Cox*; https://iprefermike.com/
Die Nutzung erfolgte mit freundlicher Genehmigung.

ISBN: 9783755781899

Dieses Magazin ist ein Ort zum Ausprobieren. In unseren Rubriken werden deutsch- und englischsprachige literarische Texte erstveröffentlicht. Bevor es erscheint, unterläuft jedes Heft drei kreative Schaffensphasen:

Eine neue Ausgabe beginnt mit der Konzeption der Rubrik **KRITZELEIEN**. Unserere Autoren und Autorinnen stellen dort jeweils einen Text vor, der sie thematisch gerade besonders beschäftigt. Gesammelt stellen sie einen Hauptteil des Zaraffel Magazins dar.

Im zweiten Teil beschäftigen sich die Zaraffel mit einem der Haupttexte aus dem ersten Teil. Die so enstehende Sammlung im **ECHOLOT** kann als der experimentellste Teil des Magazins bezeichnet werden. Das liegt zum Teil daran, dass Texte hier auch Nachrufe auf Arbeiten aus älteren Ausgaben sein können. Sogar auf benachbarte Texte wurde bereits kreativ geantwortet. Woran man den Referenztext erkennt, wird zu Beginn der Rubrik kurz erläutert.

In jeder Ausgabe begrüßen die Zaraffel auch Gäste. Der **Taubenschlag** soll denjenigen, die ebenso wie wir dem literarischen Probieren verschrieben sind, eine Bühne bieten. In jeder Ausgabe wollen wir mehr und mehr talentierten oder bereits etablierten Kunstschaffenden die Möglichkeit geben, an Zaraffel teilzuhaben. Das ist eine Chance, gemeinsam zu wachsen.

Abgeschlossen wird jede Ausgabe im **SCHLAFITTCHEN**. Dieser Teil bietet ausklingend jedem Mitglied im Wechsel die Möglichkeit, eine persönliche Arbeit im Detail vorzustellen oder einfach noch mehr Raum für eigene Arbeiten.

Unser Ziel ist ein Projekt, das seine eigene Entstehung und Weiterentwicklung kritisch begleitet. Was genau wir wollen, könnt ihr vorab auch in unserer *Vision* lesen. Ihr findet sie nach dem Inhaltsverzeichnis und auf unserer Webseite.

~

Neugierig geworden? Dann scannt doch unseren QR-Code, besucht uns auf unserer Webseite oder kontaktiert uns via E-Mail und sozialer Medien.

Inhalt

KRITZELEIEN 13

Unter dieser Rubrik stellen die Zaraffel ihre Haupttexte vor.

ECHOLOT 41

Hier findet ihr kreative Antworten auf Kritzeleien. Der jeweilige Referenztext lässt sich ganz einfach am Rahmen erkennen.

Taubenschlag

Mit unseren diesmaligen Gastbeiträgen:

SCHLAFITTCHEN 65

In jeder Ausgabe gibt hier ein Zaraffel Einblick in seine Arbeit.

Zaraffels Vision

Du wirst dich gefragt haben, was wir damit meinen und wir werden Dir geantwortet haben, Du müsstest nur in Dich hinein gehört haben. Tausend Fragen oder ein paar weniger, selten zählt mal einer nach. Seltener noch ist eine dabei, die Dich wahrhaftig angeht. Der ganze verdammte Rest liegt sanft begraben; unterm Flickenteppich der Beruhigungsunterhaltung liegen betäubte Zweifel gekehrt neben Staubwolken, Reihe für Reihe, als wäre weiter nichts los. So ist unser Leben, reden wir uns ein und hoffen dabei doch zu oft, wir mögen es uns selbst geglaubt haben. Wir irren, weil wir wandeln. Als es der ahnungsvollen Zweifel zu viele wurden, begann sich etwas zu regen in uns. Als Bewegung zunächst ziellos, richtete Zaraffel sich zeitig auf. Dies Heft, das Du in Händen hältst, wird die Verkörperung unserer Vision gewesen sein.

Ob es der Mühe wert gewesen sein wird? Die Tätigkeit des anderen zu verstehen, unter größtmöglichen Anstrengungen zu bezeigen, was denjenigen, der mit mir in Kontakt tritt, angeht, was ihn bewegt, was ihn ausmacht: das ist es, was sich für Zaraffel wahrhaftig anfühlt. Unsere Vision ist daher die der Korrespondenz und jeder, der sie teilt, ist Teil von Zaraffel. Ob es sinnvoll gewesen sein wird? Na unbedingt, es wird sogar nichts als Sinn gewesen sein. Scheinbar ist gerade alles zu haben, wenn nicht zum Sonderpreis, dann doch wenigstens mit überaus geringem Aufwand erhältlich. Ob Charisma, Charakter, Kreativität; Wissen wurde zu Information, und damit erwerbbares Gut; Anstrengung und jegliche vorangegangene Arbeit scheinbar überwunden. Der genusssüchtige Optimismus kauft sich frei von Mühe, während er sich weiterhin einredet, jede Zukunft sei möglich, nur noch nicht eingelöst. Bloß, die Zukunft wird kein verwerteter Gutschein gewesen sein. Es benötigt Zeit, Arbeit und Strebsamkeit – Hingabe – um hinnehmbare Ergebnisse zu erzielen und sowohl das, was hinter dem Ereignis steckt als auch das, was ihm vorausgeht, ist oft deutlich bemerkenswerter.

Das einst zwingende Spiel, der eingleisige Humor, ist also ernst geworden: Nur weil neue Antworten auf alte Fragen gefunden wurden, machte sie das nicht weniger fadenscheinig. Auch das Neue hat ein Recht darauf, kritisiert zu werden, und Recht ist notwendig, da ansonsten sich die längst verschwommenen Konturen relationsloser Kategorien wie „gut" und „böse" wieder einschärfen würden. Wir sehen niemanden mehr, der darüber ein für alle Mal urteilen könnte: Allein im anhaltenden

You will have been asking yourself what this means, and we will have been answering: you just needed to listen to your own inner voice. A thousand questions – give or take a few – will have been running through your mind. You will have rarely been keeping track. Rarer still might one of these questions have truly concerned you.

The whole bloody rest has gently been buried, your doubts lying numb beneath a frayed rug of sedative entertainment, swept between piles of dust, as if nothing was really happening. That's how life is, we tell ourselves, hoping all too much that we just might believe it. We stray as we wander. Once the ominous doubts became too many, something within us began to stir. In due time emerged a movement, directionless at first: Zaraffel. The printed volume that now rests in your hands will have been the embodiment of our vision.

Will it have been worth the effort? To comprehend the work of another; to understand, even with the greatest possible effort, those who reach out to us; understanding what concerns them, what moves them, what they stand for – that is what feels truthful for Zaraffel. Our vision is thus a vision of correspondence, and those who share it deserve their share in Zaraffel. Will it have been meaningful? Without a doubt. It will, in fact, have been nothing but meaning.

These days it seems that anything can be accomplished without the slightest effort, and if not, it is for sale. Whether charisma, character, or creativity, it doesn't matter; knowledge has collapsed into mere information, and, as such, become a commodity. Honest endeavour and labour seem superseded. Hedonistic optimism buys its way out of pain, all the while believing that any future is possible if it can only be cashed-in on. The future, however, will not have been a coupon.

It takes time, labour and ambition – in a word, commitment – to achieve satisfactory results. Both what is behind the event as well as what precedes it, is more than meets the eye. The once compelling game, a one-sided humour, became serious: just because new answers were found to old questions does not mean they are less threadbare.

Austausch kann es noch gelingen, zwischen den Aporien des Lebens zu vermitteln.

Gott war nur mal Kippen holen, doch kam nie mehr zurück. Sein Abgang, wenn auch von schwachen Geistern und Kindsköpfen anderer Gesinnung spöttisch begrüßt, war keineswegs versuchshalber oder auf Probe. Nietzsche vermisste ihn schrecklicher als viele nach ihm. Das Ziel, die zweckmäßige Handlung indes, war auserkoren worden, diesen Verlust zu kompensieren. Entwicklung und Fortschritt, ursprünglich noch von Gottes Gnaden, sollten nun ihren einstigen Gönner ersetzen; ein Fehlentwurf. Übrig blieb allein das Ziel um seiner selbst willen – die Bedeutung solch gestalteter Industrie ist heute so hohl wie das Zeichen, dem sie entsprungen war. Wie so manches unter den Teppich gekehrt wird, wurden dabei innere Prozesse der obsessiv verfolgten Entwicklung zu Unrecht vernachlässigt.

Nun müssen wir doch feststellen, dass sich unsere Erkenntnis derselben Illusion des Untergangs verdankt. Philosophen schrieben *„causa causae est causa effectus"* und meinten damit, selbst unser Scheitern wäre nicht grundlos. Wir lassen es erst gar nicht darauf ankommen und werden noch heute tätig.

Warum, fragst du dich? Zaraffel wartet nicht in lethargischer Ewigkeit, im Komfort der glattkonstruierten Plastewelten des Digitalen. Wir müssen es tun, weil Ihr es nicht macht. Wir fühlen es auf unseren Schultern; auf unseren Armen und Beinen, auf unserer Generation lasten Generationen von Schulden, manche eingelöst und wieder andere nicht. Das meiste ist nicht Dein Problem, doch sei herzlich eingeladen, hier zu halten, die Reisekoffer stehen zu lassen und den Flug mit uns zu verpassen, sobald Du in dieser Wunderkammer voller Kuriosa einen Ansporn dazu gefunden hast. Lass mich versuchen, Dir in der Zwischenzeit aufzuzeigen, weshalb wir uns dafür verantwortlich fühlen wollen. Diese Verantwortung, welche sich für uns aus der Notwendigkeit heraus ergab, werden wir gemeinsam übernommen haben.

Mit Gott starb sowohl der Anspruch auf Moral als auch das perfekte Motto, ferner wurde die Wahrheit an sich verdächtig. An sich selbst zu denken ist als Handlung intellektuell oft notwendig und moralisch indifferent; Gemeinschaft aber entsteht nur dann, wenn für das Wesen ihrer Mitglieder gesorgt würde. Zaraffel wird denen Trost (παραμύθι) gespendet haben, die Mitleid als einzige Triebfeder moralischen Handelns begriffen haben.

Mitleid, moderner: Empathie, ist wie jedes Wort nur Träger derjenigen Botschaft, die sein Empfänger in der Lage ist herauszulesen.

Even that which is new must be criticized; this is necessary, in fact, lest such shapeless categories as "good" and "evil" be again allowed to sharpen their edges. We no longer recognise anyone who can judge these matters once and for all. Solely in continuous correspondence lies a chance to mediate between the aporia of life.

God went out for a pack of cigarettes and never came back. His departure, even if mockingly welcomed by naïve loons and dubious minds, was anything but probationary. Nietzsche missed God dreadfully, more so than many who came after him. Compensating for that loss became, subsequently, the preeminent goal. Development and progress, once made possible by the grace of God, were to replace their former patron. A design fault. What was left over, then? Nothing but progress for progress' sake; the goal of merely having a goal. Today the significance of this endeavour remains as empty as the sign from which it first emerged. As so much is swept under the rug, the inner processes of this obsessively pursued development have been unfairly neglected. Alas, this insight we owe to the same illusion of demise.

Philosophers used to write "*causa causae est causa effectus*", whereby they meant that even our failure would not have been without reason. We do not want to take our chances, and so we choose to act immediately. Why, you ask? Because Zaraffel cannot wait in lethargic eternity, in the comfort of the constructed, plastic worlds of the digital. We have to act, because others do not. We sense a weight upon our shoulders, upon our arms and legs. Our generation's shoulders carry generations' worth of burdens, some already redeemed, others not.

Most of it is not your problem, but feel free to stay here, leave your baggage where it stands, and miss your flight together with us and allow something in this cabinet of curiosities to catch your eye. In the meantime, let us explain why it is that we want to feel responsible. This responsibility, which for us has arisen out of necessity, is one we will have been assuming together.

With God died not only the entitlement of morality but also the "perfect motto"; moreover, truth itself became suspicious. To care about one's own wellbeing is intellectually often necessary; morally, it is indifferent.

Unmittelbar geäußertes Mitleid wirkt deshalb oft künstlich, weil es selbst nichts mehr fühlt; diejenige Sprache, die man allgemein für eindeutig hielt, war längst umgewertet worden in ihr ironisch verzerrtes Gegenteil. Das natürliche Abbild des Mitleids, des sich Identifizierens, ist darum im Mittelbaren statt im Unmittelbaren zu suchen – im Text; doch mehr noch als die unmittelbare Kommunikation, steht die mittelbare als Vehikel zur Ausräumung falscher Eindeutigkeiten allein auf weiter Flur.

Wo konventionelle Sprache ebenso wie *computer-mediated-communication* zum aneinandergereihten Geschäftsverkehr belanglosester Information verkommen ist, verlautet das verdichtete Wort die Überwindung von Schluchten zwischen den einzelnen. Uneindeutigkeit auszuhalten ist der unumstößliche Gegenpol zur Fixierungssucht von Bedeutung in unserer immer komplexer werdenden Geschichte. Der Sinn, nach welchem wir streben, fällt nicht einfach aus seinen Buchstaben heraus, sondern muss innerhalb dessen, was er bedeutet, am äußersten Rand seiner Halbwertszeit, immer aufs Neue empfunden werden. Wir sind nicht naiv genug zu glauben, dieses sei ein konventionelles Problem, welches sich technisch lösen ließe.
Zaraffels responsiver Charakter verdingt sich seiner uneindeutigen Vielfalt. In einer erneuerten Literatur muss dieser Vision nach das Ineinanderspielen von Form und Funktion, ihrer historischen Entwicklungen nachspürend, bezeugt sein. Wo immer Distanzen zwischen Lesen und Schreiben überwunden werden, kommen wir zusammen, improvisieren und spielen wir. Unter solcher Definition entgeht auch dieses gedruckte Heft der Staubwüste der Beliebigkeit, allein da es sich ob seiner Materialität nicht in beliebigen Händen befinden kann; es spricht nur zu Dir und doch mit allen, die es lesen; mit allen, die es verstehen lernen wollen. Zaraffel wird sich seinem ambigen Sinn verschrieben haben.

Zaraffel hat keinen monetären Profit im Sinn, und doch verschenken wir nichts. Wir bieten nichts, das diejenigen leeren Symbole, denen wir uns tagtäglich ausgesetzt wissen, abpaust. Druckpreis und Almosen (ἐλεημοσύνη) sind das Signum dieser einzigen Politik, der wir uns qua Produkt anzubiedern bereit zeigen. Wer nichts hat, soll nehmen dürfen und wer geben will, der gibt. Es ist die Hoffnung auf das Kommende in positive Warenlogik übersetzt. Was wir euch nicht verkaufen, ist die Illusion, wir könnten uns die Druckkosten aus den Rippen scheuern.

Community, however, emerges only when we become concerned for the very being of the Other. Zaraffel will have been offering comfort (παραμύθι) to those who understood compassion as the sole driving force of moral action.

Compassion. Or, to put it in more modern language: Empathy. Like all words, it transmits only the message its receiver is able to discern. Empathy, when expressed directly and without mediation, feels often artificial because it itself feels nothing anymore; the very same language once believed to be unambiguous has long since been transvalued into its ironically distorted opposite. Self-identification, compassion's natural image, thus has to be sought in the mediate rather than the immediate – in text, where, lonelier than immediate communication, mediate communication ploughs its own furrow.

Whereas both conventional language as well as computer-mediated communication have been corrupted into the commercial traffic of utterly trivial information, the poeticised word makes known the need to cultivate these fields anew. To tolerate ambiguity is the undeniable antipole to the obsessive specification of meaning in our history that, minute by minute, becomes ever more complex. The purpose we strive for does not just fall out of its letters but requires that its meaning be felt over and over again, up to the very limits of its half-life period. We are not so naïve as to believe this is a conventional problem that could be solved technologically.

Zaraffel's responsive character serves its ambiguous diversity. In a renewed literature that follows this vision, the intertwinement of its form and function must be attested to by tracing their historical development. Wherever the distance between reading and writing can be overcome, we come together, we improvise, and we play.

According to this definition, even this printed volume escapes the desert of arbitrariness, as it cannot rest in arbitrary hands. It speaks to you only, and yet to everyone that reads it; to everyone who wishes to learn to understand it. Zaraffel will have thus devoted itself to its ambiguous purpose.

Zaraffel does not have monetary motives, yet we have no gift to give. We offer nothing that retraces those empty symbols to which we are exposed daily. Printing costs plus alms *(ἐλεημοσύνη)* are the signs of this single policy to which we, *qua product*, subscribe to.

Nicht allein darum wird man Zaraffel Opportunismus vorgeworfen haben. Der privilegierten Bürde unserer Handlungsfreiheit verpflichtet, belächeln wir diese Kritik herzlichst. Wir handeln heterogen, aus unterschiedlichsten Hintergründen heraus spinnen wir unsere Fäden, verweben unterschiedlichste Themen zu unterschiedlichsten Texten und Textsorten – ausschließlich bisher unveröffentlichtes Material. Dabei wird die Multiplizität unserer Einflüsse zwar von der Oberfläche unserer unterschiedlichen Erfahrungen her entworfen, gleichwohl bezeichnet der Mittelpunkt ihrer Schnittmenge jenen Grund, dessen Tiefe es gilt unter Aufwendung der größten Vorsicht zu ermessen, allmählich, rücksichtsvoll, *lentement*. Unsere gemeinsamen Koordinaten zu erkunden, wird unser Ziel gewesen sein, für dessen Umsetzung wir uns die Hilfe vieler Ähnlich-, Anders- und Weiterdenkenden ausrechnen.

Noch einmal: Was hier geschieht, erscheint uns notwendig; wir suchen, finden, haben alles und nichts. Wir wollen uns nicht politischen Richtungen oder Minderheitsdiskursen affiliieren, gleichzeitig sehen wir keinen Anlass darin, unsere historisch gewachsene Bedingtheit zu bestreiten. Privilegiert sein heißt, ein Problem ignorieren zu können. Zu jeder Tageszeit werden wir das „sowohl als auch" dem „entweder oder" vorziehen. Zaraffel ist kein Vektor, kein Pfeil, der, einmal abgefeuert, nie von seiner Bahn abkommt. An einem schönen Bahnhof auszusteigen, zu verweilen, zu lauschen, eine Kleinigkeit zu verstehen ist Zaraffel; ist: zu gleichen Teilen Ziel und Haltestelle seiner Welt. Zaraffel wird sich als radikal widersinnig beschrieben haben.

~

Mirona C.,
Stella Chachali,
Georgios Dagkakis,
Chen-Rui Eising,
Erik Eising,
Tim Redfern

Those who have little shall be allowed to take; and those who wish to give, may give. This is the hope of what is to come, translated into the logic of commodities. We will not try to sell you the illusion we could conjure up our printing costs ourselves.

Not for this reason alone will Zaraffel have been accused of opportunism. Indebted to the privileged burden of our freedom, we greet this kind of criticism with heartfelt smiles.

We act heterogeneously, spinning our threads across diverse backgrounds, interweaving different topics in and throughout different texts and genres. Unpublished material only. In doing so, the multiplicity of our influences will be reflected from the surface of our diverse experiences, sketching at the same time the heart of their coordinates, whose depth we wish to gauge gradually, considerately, *lentement*. To explore our common coordinates will have been our goal, the realisation of which we entrust to the help of many who think alike, differently, and/or beyond.

Again: What happens right here seems necessary to us; we seek, find, and have everything and nothing. We do not want to affiliate ourselves to a particular political tendency, nor to a particular minority discourse; at the same time, we cannot deny our historical contingency. To be privileged means being in the position to ignore a problem. At all times, we will prefer the „Both/And" to the "Either/Or". Zaraffel is not a vector, an arrow that, once fired off, never strays from its course. Zaraffel is to hop off at a beautiful station, to listen, to understand a nuance. It is both the destination and waystation of its world. Zaraffel will have described itself as radically preposterous.

~

Mirona C.,
Stella Chachali,
Georgios Dagkakis,
Chen-Rui Eising,
Erik Eising,
Tim Redfern

KRITZELEIEN

**Unter dieser Rubrik stellen die Zaraffel
ihre Haupttexte vor.**

Dabei heben sich deren literarische Formen kontrastreich voneinander ab. Ist es Lyrik, Essay, Kurzepik, Comic oder Bericht?, – kein Genre wird essenziell definiert oder genießt gar einen Vorrang vor dem anderen. Hier finden sie sich alle als „Kritzeleien" wieder und verkörpern so, was mit Zaraffels Vision gemeint ist.

Gutenmorgen schlaf gut!

Das Gedächtnis lauert in der Bitterkälte vom Schlaf

um in die halb offenen Lider zu stürmen.

Kämpft der Traum noch ein bisschen länger

wach zu bleiben, dort

wo die Lebenden und die Toten die Zeit

zusammen einhauchen, dort

wo jeder einen Platz in der Gegenwart beansprucht.

Eine Gegenwart, die die Einbildungskraft Königin krönt

und die Lider anbeten in Unterwürfigkeit.

Ein wenig höher und der Schlummer geht

verloren

Ein wenig lauter und die Toten werden

in die Ewigkeit zurückkehren.

Wachleben ist eine einsame Angelegenheit

Einsamkeit wird in den verwirrenden Kinderwörtern

buchstabiert

sie sinkt in die Falten eines gealterten Körpers,

sie springt von dem verstümmelten Paradeschritt hervor

und wird eines Tages auf dem Sterbebett einschlafen.

Aber im Moment schlafe ich noch halb

das Bett ist mit Lorbeerblättern bedeckt

während du in der Küche

den Morgenkaffee ungestört kochst.

~ Stella Chachali

14

Donaustraße, Neukölln, January 2017

When we parted that night – or should I say morning? It was 4am – we walked from your apartment to the U-Bahnhof at Rathaus Neukölln in the cold. Passing the town hall in the snow, we saw that the ground-level alcove, where an older woman had made her bed for the last weeks, was now empty. In her place lay a few bouquets of flowers and a red votive candle, flickering in the wind.

We stopped at the alcove and, without a word to one another, held a moment of silence.

Moments earlier, we had prepared for the pain of each other's absence.

Now another absence grew up from the candlelight and coalesced around us.

Over the past six weeks we had seen the woman here every day, sometimes sleeping, occasionally talking to herself, always lingering on in the cold. We had both been afraid to talk to her. We walked past each time without making eye contact. You told me that she had shouted at you once while you were walking home, yelling something about what she'd do to you "when they let me out of here," as if she was trapped in that alcove by unseen powers.

Her presence was depressing, pitiful, the kind of presence you steer clear of, neither seeking it out nor wanting to acknowledge its existence in your street, in your neighbourhood, in your world. Acknowledgement comes uncomfortably close to responsibility.

Her presence was intimidating, too. She was the kind of Berlin street character whose yelling and rambling made people look away, cross to the other side of the street and do all they could to keep their distance. The kind of person whom other passengers silently ignore when they begin to shout loudly on the U-Bahn, knowing that there is nothing they can do to help or make the situation better.

The flowers on the ground of the alcove were fresh, not older than 24 hours. I wondered who had brought them here. One of the bouquets was from Blumen Weyer in Sonnenalle, just a few hundred meters away. Did the same person – or people? – bring the red votive candle, too? Was it someone else who lived in our street? Had they known this woman? Or did they just want to show their sadness at her death in the cold?

The red candle flickered with solidarity for a woman every passer-by had ignored until her death.

Now, her absence loomed heavily.
Palpable. Almost bodily.
Accusatory and resigned.

"How sad," you said as we stood there. We lingered a while in that palpable absence that we could feel around us. In her departure, in the flowers, in the candlelight, the woman confronted us now more directly, more solemnly than before. Now she spoke to us. She spoke to the whole neighbourhood.

Her presence in the world had grown after her body had been taken away.

Surely hundreds of people had passed her every day for weeks. Had any of them offered to call the Kältebus for her? Had social workers been in contact with her? I had never bothered to find out. She was sleeping next to the Rathaus Neukölln, for goodness' sake; surely they were responsible for her. Did no one ever come into the Amt für Soziales and say, "ey Leute, da pennt 'ne alte Dame neben eurem Haus, wollt ihr sie nicht zur Kälte-hilfe wegbringen?"

Did anyone try to find her an institution where she could be cared for, where she could be medicated for her psychosis? Where she wouldn't be left exposed to the elements, alone with her delusions, in her imagined prison in the alcove next to the Rathaus? Perhaps they had been trying and she had refused. There are a million reasons why people might rather sleep on the streets than in a homeless shelter. Psychiatric care homes in Berlin have waiting lists than run into months and even years.

Or perhaps she had just been ignored for weeks, written off as too hopeless and left to her own devices by thousands of passers-by like us, who each understood perfectly well that they are not their brother's or sister's keeper; that suffering simply exists in the world, that it isn't our responsibility to ask, to check, or to get involved.

Hers was a presence we wanted to negate, to make absent, just to beautify this dirty pocket of the world so we could all pretend that Neukölln was not still a Brennpunkt of poverty, mental illness and hopelessness.

She had taken care of that for us, negating her own presence gratuitously, quietly and without a scene.

As we turned and began to walk again, something of her lingered in the street, in the snow, in that votive candle and those flowers, in our thoughts. It lingered with me in the U-Bahn after I said goodbye to you for the last time in I didn't know how long it would be.

An absence, a presence, a mixture of both: heavy, lingering, sorrowful, regretful.

I sat alone in the U-Bahn at 4am, but the carriage felt fuller than it had ever been.

~ *Tim Redfern*

Der Nacksche; Eising, Lomografie, Sommer 2020

Auf den nachfolgenden Seiten finden sich Auszüge aus meinen Reiseaufzeichnungen vom Sommer 2020. Sie charakterisieren Zeit und Empfindungen, die zwischen dem Ende der Arbeiten am „Tagebuch der sanften Quarantäne" und der Vollendung von dessen Vorwort lagen.

1.

Die Fensterscheibe der Bahn, die zwischen mir und der Straße wie eine Folie schwebt, ist traditionell mit dem Dreck Berlins behaftet. Gerade an sonnigen Tagen scheint er unheimlich präsent zu sein. Ja sicher, es gibt angenehmere Dinge als seinen Tag im Zug zu verbringen, während gerade das Leben sich wieder nach draußen traut, aber eine Abreise von hier ist schon lang überfällig und das Gefühl unterwegs zu sein lüftet selbst die verstaubten Seiten dieses Journals.

Seit Monaten kam kein Strich mehr aufs Papier, vier Monate, um genau zu sein. Das „Tagebuch", so wichtig wie es war, mich daran zu machen, es weiterzuschreiben war aussichtslos. Was damit geschehen soll? Nun, das herauszufinden soll ein Ziel meiner Reise sein. Der Staub dieser Stadt verdeckte die Sicht auf die tieferliegenden Schichten meiner Erzählung. Von ihrer Fertigstellung ist sie noch weit entfernt; sich durch all das Sediment zu graben, um die richtige Form für sie zu finden, ist anstrengend. Wir alle sind müde, das kommt dazu. Es ist dieser Staub, sanfter Schlafsand unserer Zeit, ich muss mich hierüber daran erinnern, ihn mir von der Brille zu wischen. Goethe schrieb seinen Freunden auf der Italienischen Reise, Vollendung liege nur zu weit, wenn man weit sähe – vielleicht erwächst's mir am Ende doch zum Vorteil, kurzsichtig zu sein.

Kurz vor S-Jannowitzbrücke sehe ich eine riesenhafte Werbetafel, auf der drei junge Leute zu sehen sind, obendrüber setzte man den Schriftzug „Ehren Pflegas" – –. Die Leute steigen aus, reißen sich ihre Masken aus dem Gesicht, schauen auf ihre Handys. Niemand beachtet das Plakat und keiner klatscht. Zurückbleiben, bitte. Die hydraulischen Türen schließen wieder und der nächste Film wird abgespielt, doch meine Gedanken hängen noch bei dieser Reklame. Immer dieser Kitsch, immer bloß Komödie. Ernsthaftigkeit kommt nicht gut an, *it does not sell*. Die drei auf dem Foto sind Schauspieler. Sie sind auch maskiert, genauso wie die Ernsthaftigkeit höchstens lakonisch oder zumindest versteckt zwischen den Zeilen selbstironischer Zweifel lauern darf. Das Plakat traut sich nicht zu sagen „Unterbezahlter Knochenjob". Warum nicht? Weil es mich unterhalten, *entertainen*, sprich: für dumm verkaufen soll. Der Reiz könnte aber auch im zwischenzeiligen Spott liegen, den es transportiert. Die Voraussicht, dass eh jeder Bescheid weiß, aber mit einem lachenden Auge erträgt es sich angeblich.

Am Hauptbahnhof verlasse ich die S-Bahn. Mein Rucksack ist nur leicht bepackt und da ich noch einige Minuten Umsteigezeit habe, beschließe ich, mich ein bisschen umzuschauen. Die Zeitschriftenhandlung ist beinahe leer und jeder scheint sich besonders zu beeilen, sie wieder verlassen zu können. Fast alle Titelseiten der Magazine und Zeitungen zeigen kritzelige Kurven, die in kleine flache Wellenlinien münden. Gemessen an den Türmchen, zu denen man sie aufgestapelt hat, scheint sich das Thema jedoch nicht sonderlich gut zu verkaufen. Man verlässt den Laden in Pfeilrichtung. Beim Bäcker gegenüber hingegen stehe ich für einen Filterkaffee in einer mehrfach gewundenen Schlange an. Die auf dem Fußboden angebrachten Abstandsmarkierungen aus faserverstärktem Klebeband lösen sich bereits an mehreren Ecken, aber eine Ahnung von Markierung reicht schon, sie wird von müden Augen gesucht und alle machen mit, auch wenn ein paar genervt glotzen. Vielleicht verpassen sie gerade einen Termin, denke ich bei mir, wenn einer einen nervösen Schritt über die Markierung wagt, ganz so als könnte er die Schlange damit anschieben. Schon erstaunlich, wie schnell wir uns an all das gewöhnt haben; so schnell, dass man sich Hektik wieder erlaubt, diesen Lieblingszustand des Leistungsprinzips. Mit dem vollen Becher in der Hand schlendere ich nach unten. Am Bahnsteig notiere ich mir das ganz grob, bis der Zug einfährt und ich mir einen Platz mit Tisch suche, um meinen lauwarmen Kaffee zu trinken. Außer mir steigt kaum jemand ein. Nach ein paar Minuten fährt die Bahn an und allmählich werde auch ich wach.

2.

Wie werde ich wohl einiges Gute aus der Heimat mitnehmen können, vor allem frische Geister und ein fröhliches Herz, das ich gern ins Tagebuch hineinlegen möchte, weil's ihm doch ein bisschen fehlt. Ich blicke in die Schwärze vor mir; mit gesenktem Blick sehe ich auf der Oberfläche meines Kaffees durch das Fenster der Bahn hinaus in ein Meer aus Graustufen, obwohl kaum eine Wolke durchs Bild schwebt. Eigentlich ist der Himmel blau, hört man sich sagen, aber er ist es nicht wirklich, er erscheint nur so. Alles nach Maß der Wellenlängen des Lichts zu errechnen, also nicht echt. Egal was andere sagen, seine Schönheit ist für mich darum nicht weniger wahr. Vielleicht ist das der Grund, weshalb ich meiner Erzählung denn doch nichts hinzufügen müsste? Sie sollte ihres Schwermuts nicht beraubt sein, und der lange Atem, der stellenweise darin steckt, lebt die Wahrheit jener Zeit, die ich schrieb.

Das wird es sein, beschließe ich und schweig's so vor mich hin – –, die Wahrheit – zähflüssiger Schutt, der, seit wer weiß wie lang, am Wendepunkt seiner Sanduhr stockt. Sie klingt zerbrechlich und wird fürs Erste behutsam mit jedem Strich im Notizbuch vorangeschoben. Was heißt es, eine Geschichte fertig zu schreiben? Sie liegt nun mal so da, wie sie ist, und mit jedem Wort, das ich hinzufüge oder ausstreiche, wird das Tagebuch ein anderes, wird es *gemachter*. Dieser unbehaglichen Vorstellung sind meine Zweifel an seiner Veröffentlichung erst entsprungen. Im Vorübergehen Erlebtes zu konservieren, das war mal die Idee. Jetzt daraus ein Werk zu machen wäre ein unsinniges Unternehmen, sind die Erlebnisse meinem inneren Gehör doch zu weit entrückt und die tieferen Töne meiner Laune nicht mehr stimmig anzuschlagen. Nein, nicht ein Wort reiche ich nach.

Ab und zu hält die Bahn, mal in Elsterwerda, mal in Chemnitz, zwischendurch steige auch ich um und nehme die nächste. Derweil wird die Asystolie aus Brandenburg vom unweigerlichen Moment der Bahn gehoben und geweitet, geradezu im Vorüberfahren verschmilzt sie ins Vorgebirge. Von diesem Puls ist zu sprechen, wenn das Gewohnte ins Vertraute – ins Altvertraute sollte ich besser sagen – überführt wird. All das geschieht, während ich fest am Platze sitze, dem Rauschen im Hintergrund verwachsen, vertieft in den „Kruso", den ich zum Fertiglesen bei mir führe. Ab und zu wird die Bitte zum Tragen einer medizinischen Mund- und Nasenbedeckung über die Lautsprechanlagen abgespielt. Es ist der einzige Anhaltspunkt auf einer ansonst müßigen Fahrt; die einzige Aufforderung, sich an die Gegenwart zu halten. Ausnahmen genügen, um die Lage nach wie vor als die aktuelle einzuschätzen. Was soll's, dann blättert man eben eine Seite zurück und überfliegt das Ganze erneut. So scheint mir's, merke ich nicht einmal, dass ich bereits in der Vogtlandbahn sitze, als kurz vor der Abfahrt in Zwickau noch ein Fahrgast einsteigt und schräg hinter mir Platz nimmt.

Für mich zunächst unsichtbar, weil ich in Fahrtrichtung sitze, vernehme ich sein Atmen deutlich; es fällt ihm schwer. Lange. Die Bahn fährt an und überdeckt dabei das anhaltende Pfeifen, ausgelöst vom Teer auf seinen Bronchien, der von verklebten Flimmerhärchen in feinen wellenartigen Bewegungen aus den unteren Atemwegen über den Kehldeckel transportiert werden soll. All das funktioniert aber schon Jahre nicht mehr richtig und sorgt für heftige Kontraktionen des Zwerchfells, minutenlange, nicht enden wollende Hustenanfälle, den morgendlichen Auswurf. Früher war er nur weiß, heute ist er braun. Bitte bedecken Sie Mund und Nase – –. Nach fünf Minuten ist der Mann wieder im Begriff, Herr über sich zu werden und endlich seinen Unmuß überpersönlich abzureagieren: „Nichts passt hier, nichts; die Sitze nicht, die Türen, ...", und nach einer kleinen Verschnaufpause dann: „Armes Deutschland". Wegen einer Unwucht auf der Strecke klappt die Toilettentür in regelmäßigen Abständen immer wieder zu. Jemand musste vergessen haben sie zu schließen oder der Mechanismus ist derzeit defekt, jedenfalls werde ich des Umstands nur wegen seiner Beschwerde gewahr: „Zu blöd die Tür zuzumachen, verdammte Idioten hier". Wir nähern uns.

3.

Nicht mehr am Rand, doch am Wegesrand der Welt liegt sie. Im verborgenen Winkel der Wellen eines zarten Karoblattes steht sie geschrieben. Einer nannte sie mal Ort der Wurzel, das war aber nicht ich. Mich hatte man herausgezogen, kurz nach der Jahrtausendwende – elf Jahre nach der wichtigeren. So kam ich seither als Beobachter zurück und verbrachte meine sehnsuchtsvolle Stunde vor den Toren dieser Stadt.

Nie wieder drang ich in ihr Innerstes, war ich doch weggedriftet auf einer Kante abgebrochenen Waschbetons, einer mir geopferten Träne ihres spröden Antlitzes, wie ich mir gern vormachte. In Wahrheit fällt es schwer sich vorzustellen, irgendjemand hier wüsste noch, wer ich bin. Ihre verblichenen Namen hingegen stehen oft noch auf den Klingelschildern von damals, auch wenn in diesem Haus hier schon lang keiner mehr wohnt. Einmal wurde das Wort als eines von vielen auf einen Papierbogen gedruckt und ausgestanzt. Jemand musste anschließend den Schnipsel unter dem dazugehörigen Kunststofftaster angebracht haben, auf dem jetzt mein Auge ruht. Dieses Wort, das eigentlich ein Name ist, klingt für mich noch sehr nach dem Kind, das einmal im dritten Stock wohnte. Mit dem Zeigefinger drücke ich die Klingel bis zum Anschlag und aus alter Gewohnheit noch ein bisschen fester, doch von außen hört man nichts. Manchmal wünschte ich, ihre Geschichten wären mir egal, die Wahrheit aber klingt anders:

vielleicht wie Blätterrascheln ...
ein Kichern hinterm Rücken...
nächtliches Grölen Alkoholisierter,
oder die einsetzende Stille, wenn man
den Warteraum betritt. Vielleicht wie
das Verschlussgeräusch der Tür,
die in den Hinterhof führt.

Geflüster im Schulbus, während
ein Kind weint. Alles andere,
das man hört, aber nie versteht...
Wie Vogelgezwitscher, voll aufgedrehte
Wasserhähne, Wellenwandeln.
Warum muss die Wanne vollaufen?

Das verpasste Ende eines Traumes,
Wehklage einer nach Leben
dürstenden Mücke – dicht am
Ohr zu führen, jenes Voyeurs
schlaflose Nacht, in die ich
meine Feder getränkt ...

Das vorrangige Motiv des Tagebuchs ist das Erinnern. Das gilt nicht nur für meinen Text, es ist vielleicht der Sinn der gesamten Gattung. Man könnte sagen, es sei die nicht gestellte Frage, die nach Beantwortung verlangt, denn der Text tänzelt alle Zeit um das Wort, ohne es zu benennen. Tagebücher selbst sind Feststellungen, es gibt sie, um die Erinnerung vor schmeichelnder Verfälschung zu bewahren und sie dabei schmeichelnd zu verfälschen. Warum? Die Erinnerung an das Geschehene wird einzig durch die Augen des Verfassers entworfen. Er mag seine Geschichte vielleicht durch Fotografien oder andere Stimmen mit gefühlter Wahrheit anreichern, ja sicher, aber mit all dem Staub, den er aufwirbelt, verdeckt er am Ende doch wieder nur die Sicht... Im Grunde geht es also darum, an sich selbst festzuhalten, vor allem an seiner Fehlbarkeit. Bloß Narren würden dieser Form besondere Selbstverliebtheit andichten, wo doch jede vollendete Literatur der Anklage schuldig zu sprechen ist. Den Einzelnen in der Erzählerrolle hervor-zuheben, stellt ihn ebenfalls als verlassen bloß, womit sich auch der Autor abfinden muss. Wird man mir glauben?, nie werde ich mich dessen versichern können. Das ist die feine Körnung, die mich hier so bewegt, also, dass es nicht gleich auffällt, wie sehr das stimmt; doch nicht nur das. Am Rand der Kunst steht schon lange fest: Außer über uns selbst, haben wir nicht viel mit Sicherheit zu berichten. Das „Tagebuch der sanften Quarantäne" soll vor allem herausstreichen, dass auch diese Behauptung fadenscheinig ist. Realität ist eine Form der Fiktion.

Das ist gar nicht einfach zu leugnen, weil man nämlich nicht mehr sagen kann, Erdachtes imitiere die Wirklichkeit – ständig passiert das Umgekehrte und verwebt beides ununterscheidbar ineinander. Ohne es zu bemerken, sind wir uns irgendwann fremd geworden. Für manche mag das nichts neues sein, aber sie verraten es dir nicht. Also würde ich meinem Buch ein Vorwort schreiben müssen, das diesen Trugschluss ausräumt, ohne ihn erneut auszusprechen; ein Vorwort im vollen Wortsinn. Das Tagebuch fällt zusammen mit einer Lebensform, die andauernd abrutscht bei diesem Zeittanzakt. Genau an der heiklen Stelle, wo bloß der bodenlose Abgrund wartet, löst sich die individuelle Erfahrung magischerweise ins Allgemeine auf. Hier sind wir:

Den Düften der Nacht so nah
Wusst' nicht mehr was dann geschah;
In Wind getauchtes Haar
Welch Wohlklang das einst war;
Sanftes Rascheln,
Rührt verblühte Lieder, wo Lippen
Leis' verblassen,
Sich verstehlen, zurück finden
Sie nie wieder

Vorwort. Was soll ich sagen, ich arbeite dran. So, wie das Tagebuch in mir gearbeitet hat, liegt es jetzt offen vor mir und wartet auf mich. Das sind Schichten, die ich lange gar nicht kannte oder vielleicht nicht wusste, dass sie zu mir gehören, dass es so tief geht, so weit zurück. Vorwort klingt wie etwas, das schon lang keiner mehr kennt oder wie etwas, das vergessen sein wird, noch bevor ich umblättere. Wie: Das war mal, als die Leute nicht miteinander sprechen konnten; bevor es Worte gab zu sagen, was uns angeht, was wir fühlen und ehrlich denken. Sind Namen denn mehr als klagevolle Versuche den Charakter des Seins dem unaufhaltsamen Werden aufzuprägen? Ich schreib' sie auf, weil ich sie gerne lese. Sollen sie uns etwas erinnern, etwas, das uns tröstet wie das Echo aus den Hochhausschluchten? Echo. Vielleicht fällt alle Sprache in gelassene Traurigkeit.

4.

Durch das Fenster in der Straße der deutschen Einheit sehe ich im Innenhof Zeilen von Wäscheleinen. Jede davon steht für eine Wohnung im Komplex, es ist gleichviel Platz für jede Familie vorgesehen und das weiß ich, ohne es je nachgeprüft zu haben. Als Kind konnte man zwischen den Reihen der aufgehängten Bettlaken wunderbar Fangen spielen, obwohl es verboten war und die Leute im Wohnkomplex meist noch die Enkel ihrer Nachbarn aus Selbstverständlichkeit miterzogen. Und selbst wenn alle Reihen frei waren, durften wir nicht zum Fußballspielen auf den schönen Rasen vor der Haustür, sondern mussten auf den Ascheplatz vor der Allende-Schule gehen. Sollte sich doch mal ein Enkelkind zwischen den wehenden Bettlaken umhergetrieben haben, hallten böse Pfiffe vom Balkon eines Anwohners durch den Innenhof.

Alles das ist lange her. Inzwischen sind die Plattenbauten von den Wohnungsbaugenossenschaften saniert worden. Sie haben die rostige Wippe herausgerissen und einen Spielplatz in die Mitte gebaut, der noch nach Jahren wie neu aussieht. Die Wäscheleinen haben sie auch erneuert. Heute sind sie so leer wie die Zeilen, vor denen diese Kritzeleien zum Halten kommen.

Ob ich einen Kaffee will?, sehr gerne Oma, schwarz bitte – –. Ist doch besser rüber zu gehen, denke ich und drücke die Kappe für einen Moment fest auf den Stift. Wir reden über Maskenpflicht und Mietpreise und als ich ihr erzähle, was ich für die Wohnung am Ostkreuz überweise, lacht sie ungläubig. Vielleicht, weil sie denkt, ich hätte einen Scherz gemacht – einen von denen, die sie nicht versteht. Mir fällt auf, dass ich hier besser bemerke als in Berlin, wann ich verstanden wurde und wann nicht. Ein schmunzelndes Gesicht, mit schwarzem Band gerahmt, erinnert an jemanden, der schon zwanzig Jahre nicht mehr hier ist. Manchmal vermisst sie ihn. Sie sagt oft, seine Augen seien so blau wie der Himmel gewesen. Vor meinem inneren Auge taucht sein Blick nur selten aus dem Zigarettenqualm auf. Marke f6, kurzer Filter, kurzes Leben. Aber das Bild ist über die Zeit verblasst und wo genau der Unterschied liegen soll, kann ich gar nicht sagen. Mein Lächeln stimmt ihr derweil zu und für einen Moment schweigen wir gemeinsam.

> *Graues Wetter stand ihm besser*
> *Und die Lederjacke*
> *Damals Raubgut; Erbstück, ausgesucht,*
> *Wie die Federtasche*
> *Blatt raus, Stift auf, alt und klug*
> *Übrig bleiben, unverwandt,*
> *Bloß,*
> *Sieben Zeilen Unverstand*

Die meisten Tage hier verbringe ich mit langen Spaziergängen. Ich stromere, vom Thiergartener Weg am Südende der Stadt quer bis nach Preißelpöhl, am Mühlgraben entlang, vorbei an der Stadtmauer, über den Johanniskirchplatz, hinab zur Syrastraße, hinauf zum Schlossberg, dann zur Annenstraße und komme schließlich an der Karl-Marx-Grundschule vorbei. Von dort zeichne ich den alten Heimweg nach, auf den mich ein Kindheitsfreund meistens begleitete. Obwohl er, im Gegensatz zu mir, in den Hort durfte. Meistens suchten wir umständliche Wege, um möglichst lange unser zauberisches Geheimwissen miteinander teilen zu können und uns weiszumachen, wir glaubten, was der andere fabulierte. Vielleicht war das großes Zeug, ich kann mich nicht mehr an den Wortlaut erinnern; die Sprache geht mir ab – sie ist ja eingerissen worden, schon bevor wir auf die Welt kamen. Wir träumten in ihren Ruinen, legten uns ein Mosaik aus den letzten paar glaubwürdigen Scherben zurecht. Darin fanden wir verwinkelte Verschwiegenheiten, die uns bedeuteten. Vielleicht müssten die mal inventarisiert werden, denke ich mir, und schreibe einige davon auf –. So kann man sich's vorstellen, wenn ich behaupte, es sei mein Revier, durch das ich hier streife. Mit der Zeit wird alles kleiner, oder sind es bloß die Augen hinter meinen Brillengläsern? Denn wenn ich am Goetheplatz stehe, sehe ich noch unscharf vor mir, wie er mich abholen kam, zum Spielen.

Alleine wäre ich nicht gegangen, wäre lieber nie rausgegangen, wollte nie bei den Typen auf dem Trafo sitzen, die sich eine Nadel zum Tätowieren teilten und wollte auch nicht an deren Kippe ziehen.

Nachdem man die zerbrochenen Bierflaschen mit dem Fuß herunterschiebt, hat man vom Dach des alten Trafohäuschens einen feinrauschenden Blick über den Platz, bis hinunter zu den Straßenbahngleisen. Die Distanz zur Stadt verblasst derweil in Richtung Horizont mit dem stufenlosen Blau des Himmels, bis beides diffus zusammenfällt. Der Alte hatte Recht: alles ist weit, wenn man weit sieht. Jetzt setze ich mich hin, schlage das Heft auf und fülle mein Inventar mit den verblichenen Scherben, die ich aus dem Sediment hinter meinen Augen rausziehe. Auf ihren Oberflächen versinkt mein Blick in blauen Wogen. Splitterweise kleckse ich sie in die Dämmerung und mit jeder, die hinzukommt, erscheinen sie allesamt in immer tieferen Tönen. Allein vor mir ausgebreitet zünden sie funkelnd bald den Abend an. Als schließlich die Laternenlichter noch ihr Narzissengelb ausschütten, passt die Straße komplementär auch zu mir und ich mache mich zurück in die Spur.

In der Nähe des Restaurants Astoria sehe ich uns noch auf dem Heimweg vom Internetcafé unsere Späße treiben; mich, wie ich die erste Ziffer der Hausnummer von der Türbeleuchtung abkratze und ins Gebüsch werfe. Ich tat es, damit unsere magische Zahl übrigblieb, damit etwas übrigblieb, das nur wir verstanden. Viel später ersetzte man die verschwundene Zahl durch ein zu kleines Replikat, das noch heute als Pflaster über derselben Stelle klebt.

Seufzer hinten aus der Stille
Im tiefsten Dickicht inn'rer Wogen
S'war nicht ganz auf sich bezogen,
Da entwischt die stumme Grille;
Kein Zirpen goldener Zikaden
Mag's doch einer erst mal ahnen
Und mit Münzen gar bezahlen,

Was?

An für sich und freilich eigentlich,
Das sind, so sagt man, Dinge
Die braucht es nicht

An der Haustür stand noch derselbe Name geschrieben, doch mir war nicht mehr nach Klingeln zumute. Das Kind, das dort mal wohnte, fand vor vielen Jahren einmal einen verletzten Zaunkönig. Stolz erzählte es seine Geschichte unseren Klassenkameraden, doch sie machten sich lustig über seinen sensiblen Blick, seine Fürsorge mitzuteilen. Einen Vogel von der Straße?, hätten sie nicht angefasst, an seiner Stelle. Er aber schaffte es, das Tier wieder gesund zu pflegen. In den Wochen, die so etwas beansprucht, hatte er den kleinen Zaunkönig recht liebgewonnen, bis dieser eines Tages wegflog und das Kind plötzlich wieder allein am Fenstersims saß. Damals begriff ich wenig davon, warum mein Freund sich darüber nicht freuen wollte. Wie unfasslich Gefühle sich teils widersprechen, entzog sich mir noch. Das Bild des Paradiesvogels, mein Lesezeichen im Journal, wurde später sein Abschiedsgeschenk an mich und bei jeder Kleinigkeit, die ich hier notiere, hoffe ich, dass auch seine Flügel einst verheilten.

Mein Kumpel und ich, wir beide sind aus unterschiedlichen Gründen dieser Aschegrube entflogen, doch vermutlich blickt nur einer von uns noch zurück.

5.

An meinem letzten Tag hier mache ich endlich eine Sache, für die ich hergekommen bin. Ohne Flügel vom *Nackschen* aus zur Robert-Koch-Straße heißt, es geht erst ab, dann auf, und zwischendurch an der Weißen Elster entlang. Über die Jahre schleifen diese Wege meiner Stadt ein Gepräge, an dem ich mein Verhältnis zu ihr ablesen kann. Gut ausgetretene Routen führen fließend in ältere, seit Jahren erodierende Passagen. In ihrer ersten industriellen Blütephase, rund um die vorletzte Jahrhundertwende, ist die Stadt um ein Vielfaches gewachsen. Einiges davon hält heute kaum noch dem Wind stand. Manchmal starren von ergrauten Häuserfronten hohle Räume ohne Fensterglas zu mir herunter und auf den schwarzen Skeletten der Dachantennen nimmt heut schwerlich noch ein Vogel Platz. Bloß Einsturzgefahr, betreten verboten: Eltern haften für ihre Kinder – –. Einmal werden diese Altbauten verkauft sein und man wird sie abreißen und neue Wohnungen an ihrer Stelle bauen. Sie werden die Keller ausheben, sich durch die Vogtländische Mulde baggern und einen sturen Zementblock auf die verworfenen, darunterliegenden Sedimentschichten klotzen. Mit etwas Glück bleibt sogar die Miete weiterhin unter Bundesdurchschnitt. Danach wird es nicht lange dauern, bis niemand mehr glauben kann, was dort früher einmal stand.

Das Titelbild zum Tagebuch soll einen grobkörnigen Blick auf die Straße werfen, zu der ich unterwegs bin. Sie liegt im Stadtgebiet Ost auf Höhe jenes Klinikums, in das eine junge Frau einmal ihr bewusstloses Kind trug, als ich mir den Kiefer auf der Couchlehne brach. Abgesehen davon erinnere ich mich an nicht viel von dort. Auf Fotos wirkt selbst der bordeauxfarbene Teppich nur noch braun. Die Straße ist aber hübsch geworden, man würde die Wohnungen heute wohl nicht mehr erkennen. Die Klingel hat jetzt eine Gegensprechanlage und man muss nicht mehr warten, bis einer prüfend aus dem Fenster schaut. Jetzt, da ich wieder hier bin, wirkt die Verbindung zum Buch beinahe gespenstisch. Sie war anfangs einzig dem zufälligen Straßennamen zuzuschreiben. Tatsächlich taucht die Pandemie hier zauberischer auf, und nicht wie auf den Kurven, technisch, kontrollierbar. Bei meinem Halt beim Fleischer auf dem Rückweg werden sie mir später sagen, ich brauche die Maske hier nicht zu tragen, wir seien ja unter uns.

Zuletzt steige ich denn am Kopfende der Straße auf einen winzigen Trafo und strecke mich so weit ich nur kann, um wenigstens den Hauch von Perspektive einzufangen. Betätige ich den Auslöser des Apparats, öffnet sich die Abschirmung für einen Augenblick und fängt das Titelbild des Tagebuchs sofort ein. Die Blende ist lang schon eingerastet und trotzdem drücke ich aus Prinzip noch ein bisschen fester auf – man weiß nie, was daraus geworden ist. Danach hüpfe ich herunter und gehe den Weg zurück, den ich gerade erst wiedergefunden habe.

Find den Weg zurück nach Nimmerland
Auf Fotos, die ich,
hinter Flimmern,
im Fernseher meines Kinderzimmers fand

Durch den Wiesentunnel folgt das Auge gleich,
vom Ort aus Kinderfragen,
Zur Wahrheit eines Traums, vielleicht

Fast ein Jahr später wird mein Blick den Zeilen dieses Journals durch das Fenster am Ostkreuz hinter einen Vorhang aus sanft fallendem Regen folgen. Das ist ein Spiel, das jeder kennt, der beim Lesen einmal sich selbst begegnet ist. Man trifft sich weit hinter den Augen und wandert gemeinsam auf der Suche nach Abdrücken vergangener Zeit. Zeile um Zeile verläuft komplementär zu den vertikalen Linien vor dem Fenster, hängt als vormals gedachtes Netz in der Luft. In den Parzellen meiner Erinnerung, wo nicht mehr zwischen Blau und Grau unterschieden werden kann, bin ich ihrer unverbindlichen Dichte verhaftet. Nur wer genau hinsieht bemerkt, dass die Linien eigentlich viel, viel weiter reichen. Sie wuchern hinüber auf die andere Seite der Gleise, wo sie von der Ringbahn in Fahrtrichtung aufgesammelt werden. Auf den Scheiben der Bahn lassen sie gerade ein kompliziertes Geflecht entstehen; sind von links oben diagonal nach rechts unten verrutscht, aber was macht es schon?, fallen die meisten ununterscheidbar ineinander, sind sie verschwunden. Die eine unter ihnen, die mir gehört, wird auch bald abgehängt sein. Noch folgt sie der Bahn bis ganz nach hinten, wo sich die Gleise vereinigen, und selbst danach noch in den Himmel hinein, dessen gleichgültiges Grau uns weismachen will, der Regen würde in Wahrheit von den Fassaden der Hochhäuser heruntergeweint. Für all das findet sich schwerlich ein Ausdruck, doch manchmal bin ich nah dran: an den untersten Schichten, der Wurzel meines plauen Gefühls – –.

6.

Am morgen des fünften Tages gibt es nochmal Frühstück am altvertrauten Wohnzimmertisch, danach lange Umarmungen und ein leicht verworfenes Lächeln, zum Schluss. Meine Schnürsenkel binde ich zu Zeitlupenschleifen, hucke den Ranzen auf, der gegen Ende solcher Reisen immer randvollgepackt ist und da frage ich mich, warum das geschriebene Wort so viel schwerer wiegt als das gesprochene. Dann die fünf Treppenstufen, die Haustür öffnen und die frühe Stille atmen. Ich gehe quer über den Innenhof, zwischen den Zeilen der Wäscheleinen hindurch; die Schuhe feucht vom Tau der ungemähten Wiese. Wir winken uns noch zu, bis unsere Hände vom angrenzenden Häuserblock aus dem Bild geschoben werden. Danach muss ich mich wieder dem zuwenden, was vor mir liegt und steige hinauf zum Oberen Bahnhof. Tatsächlich reflektiert dessen Fassade im Morgenlicht alle Abschiedsfarben, durch die ich seit meiner Ankunft hier gegangen bin.

Allein im verlassenen Wartesaal knistern Papierseiten beim Umblättern viel deutlicher als sonst; mir ist, als flüsterte darin ein Echo vergangener Wahrheiten, an die keiner mehr glaubt. Ich blättere kaum noch zurück, doch je weiter ich vorwärtskomme, desto faseriger wird die Geschichte und desto weniger scheint alles zusammenzuhängen. Was bedeutet es also, sie fertig zu schreiben? Unbetrübt von der Tatsache fällt mir auf, ich habe weder frische Geister noch ein fröhliches Herz von hier fortgeführt. Bloß eine langsame Bewegung war zu spüren, ein unweigerlicher Puls, der meine Hand beim Schreiben führte: Auf und Ab, Hin und Her. Diese Worte, die eigentlich Namen sind, sie drücken eine Welt aus, die es nicht mehr gibt. Eine, in die ich auch nie zurückkehren will; allein an ihrem Rand zu stehen und ihre Entfernung zu ermessen, genügt mir. An diesem Punkt überschneiden die Scherben von hinter meinen Augen das „Tagebuch der sanften Quarantäne" und das Vorwort; ja, das habe ich gestern schon einmal ganz grob abgefasst.

Worauf hatte ich all die Zeit gewartet? Mein Zug wird bald eintreffen und mich zurückholen in die Gegenwart. Ich nehme die Treppen nach oben, lasse den Blick zur Pausaer Straße hinüberwandern und frage mich, wann ich es nächstes Jahr wohl schaffen werde, herzukommen, oder ob. Wenig später fährt die Vogtlandbahn auf Gleis 2 ein und kommt zum Stehen. Mit mir steigt noch eine Handvoll weiterer Fahrgäste ein, ausgestiegen ist vorher nur eine Frau vom Fahrgastpersonal. Sie qualmt noch gemütlich eine Zigarette auf dem Bahnsteig, bevor es weitergeht. Ich suche mir einen Sitzplatz aus, von dem ich gut beobachten kann, wann sie hereinsteigt und als sich die hydraulischen Türen schließen, gehe ich auf sie zu, um ihr eine Fahrkarte abzukaufen.

Wo geht's denn hin?, – Bärlien! Mei' Großer wohnt auch dort oben, mit seiner Freundin! S'is scho'n Stückl. Aber iech sach' mal: Was willsten aa hier? Is' ja nischt mehr los, hier, für die jungen Leyt' – –. Die Schaffnerin zählt Lokale auf, die in den vergangenen Jahren schließen mussten und berichtet, dass die Pandemie vielen, die sich gerade noch so gehalten hätten, den Rest gegeben habe. Dort oben im goldenen Bärlien erholten sich die Geschäfte eher noch als hier, weißte; hier wiege alles schwerer. Sie reicht mir meinen Fahrschein. Ich nicke ihr zu und als sie mich nach dem Grund meines Besuchs fragt, versuche ich mich kurz zu halten. Da hält auch sie nickend inne und betont anschließend, man müsse die Leute eben sensibilisieren. Dafür, dass sie zusammengehörten, und dass es sie etwas angehe, wenn die Kurven nach oben zeigten. Dafür, dass die anderen um sie herum ja auch nicht zwingenderweise immer nur an sich selber dächten, wenn sie eine Maske tragen. Mit den Fahrgästen diskutiere sie da gar nicht mehr, die sollen mal erwachsen werden. Außerdem, so sagt sie, müssten wir unsere unfreiwillige Verant-wortung begreifen und uns mal kundig machen, wie sich andere fühlen würden, die es nicht so gut hätten. Ja, guck'ner mal: Des ganze Krankenhauspersonal und die Pfleehscher, die känne einem leid tun. Ährlisch! S'muss aa mal gesacht wer'n.
Da wollte ich ihr gern noch etwas drauf antworten, doch leider bemerkt sie zu früh, keine Zeit zu haben und verabschiedet sich schon mit hochgezogenen Brauen: Sie müsse jetzt mal wieder machen, wofür sie eigentlich hier sei.

Über den Rest der Fahrt trübt sich der Himmel ein und füllt die Bahn sich bei jedem Halt immer ein bisschen mehr in Pfeilrichtung Hauptstadt, bis nach meinem Umstieg in Elsterwerda nur schwerlich noch ein Sitzplatz zu bekommen ist. Ab hier zeichnet die Landschaft ausnahmslos gerade Linien vor; die Ebenen draußen beginnen vom Nieselregen zu dampfen. Ich mag sie nicht, sie bieten kaum Halt.

Allein diese Worte pausen unweigerlich auf sie durch, bis ich abends am Südkreuz vor der Ringbahn stehe. Wir haben die Zielgerade erreicht – – einsteigen, bitte.

Lange dachte ich, es gäbe niemanden, der dies hier jemals schreiben würde, und mit Bestimmtheit möchte ich bemerken, dass mir nichts fernerliegen sollte. Meine Sprache ist maskiert, weil die Umstände es erfordern. Sie kreist um das wahre Wort, das unausgesprochene Gefühl, welches mitzuteilen wir von den Alten nicht beigebracht bekamen, denn ihnen ist es selbst lange vor ihrer Zeit weggefeilscht worden. Du wirst es vielleicht bemerkt haben: Ich suche die Bedeutung des Schweigens noch immer in der Zuflucht sensibler Bilder, die weder mit der einen Welt noch mit der anderen etwas zu tun haben. Sie gehören in ein Nimmerland zwischen den Zeiten, das doch immer Deutschland war. Kurz nach dem Zusammenbruch der DDR fragten einige sich, was bliebe. Man unternahm manches, versäumte vieles. Viele der Zeilen vor den Fenstern sind leer geblieben, seitdem. Sie zu füllen, auch wenn ich nicht so recht weiß, womit, muss unsere Aufgabe bleiben; mein Text ist diesem Anliegen gänzlich verschrieben.

Nachwort. Nur keine Angst, es ist nicht wirklich denkbar. Man kann nicht hinter die Worte kommen, solang man *in* der Sprache ist. Genauso wenig ist es ganz einfach zu verstehen, was sich hier abspielt. Ich wünschte, es wäre eindeutiger, aber schau doch, wir sind gerade erst dabei, unsere Sprache zurückzuerlangen. Sie war zeitgleich implodiert, als die Mauer fiel. Bloß, was war geschehen? Meine Stadt war doch die erste, in der die Menschen montags auf die Straße gegangen sind. Was davon übrig ist, begegnet mir manchmal unterwegs.

Streife ich im Zwielicht durch die Straßen Berlins, glänzend über den Asphalt, vom Sommerregen noch gewärmt, richten meine Blicke sich auf Leuchttürme aus Narzissengelb. Die waren für die Ewigkeit gebaut – an manchen Ecken stehen sie noch. Die meisten Leute machen sich nichts draus, gehen unter ihren sanft gebeugten Häuptern vorüber, bis die letzten verglüht sind. Darin, bloß, erkenne ich verborgen meinen Ort der Wurzel, flackert dort auch so mancher Schein nur braun noch vor sich hin.

~ Eising

Between theory and paradise

P. woke up this morning in his bed with a strange feeling of immortality. His restless sleep and the anxiety that made his meninges pound hard appeared in the daylight as a bad joke, remains of a childish somniphobia, inherited from his father's family, a fainthearted and for some people also despicable generation. But P. was different; he was born to be a hero. After carefully washing his face, he started his morning toilette in the same manner with which a lieutenant wears his medals before going to a new battle, a reminder of his honorable bravery and as a duty for a new victory. Then he completed his grooming by putting a red carnation on the lapel and took his way.

He was thinking about his last day; his hands covered with blood were struggling with the butchered flesh, while the smell of the fresh corpses was cutting his breath and made him pale. But today would be a bright day without nervous hesitation. He needed only self-control, he knew that he was born to be brave and started singing softly a folk song:

"Be silent, in some minutes the bells will ring
This soil is theirs and ours"[1]

With all these in his mind, he reached his destination. He entered inside, wore his formal uniform and polished the entrance sign:

BUTCHER SHOP: COWS' PARADISE

He looked thoughtfully at the sign of the shop that he had inherited from his father and where he had worked for the last thirty years. It was weird that he had never thought about it before, what the meaning of this sign was and why it had been selected by his ancestors. This day was certainly a very strange one. While he was looking at the brand name, he fell deeply in his thoughts and felt an increasing agony. It was not the "COWS" part that disturbed him; neither the question where they ended up after their brutal slaughter, but the PARADISE that abruptly attracted his attention. It was as if the whole meaning that was slipping away from his life was suddenly revealed in front of his wide open eyes through that word.

That was the instant of epiphany, when he came up with the idea. It was exactly like those moments of a decision, common moments, where time is not interrupted but still pending between the old and the brand new self. The experience of this moment could be pictured as rupture in an old wall. The wall remains a whole but it is actually not. The rupture only needs to reach the ground and the whole foundation collapses. The moment had already passed and the rupture was raised, spitting out the following speculation: "If he could gain paradise, he would become a hero; he could at last find his destiny." The solution to his problem, to this existential agony, was only one: he had to die.

---

[1] Poem by the Greek poet Giannis Ritsos, made into a song by Greek composer Mikis Theodorakis

His death would definitely ensure him with a place in paradise. He was positive about it. All his life was void of powerful passions or bad habits and thoughts. Surely, he had always been a respectful and mild man. Not a single day did he open his store with delay and his customers had never complained about his service. He had honored and taken good care of his only family, his two parents that had passed away long ago; as for the service of God, he always participated in the Sunday congregation. Amen. For him there wasn't but a single certainty: the paradise after death.

The only problem that he had to solve was that he was still alive. He could grasp a hook from the store and hang himself besides the pigs, however, that would definitely cost him his paradise. Suicide was an unforgivable sin; he did not need much theological background to know that. He could also provoke his bad tempered neighbor and drive him to beat him to death; however, that was equally difficult to think about, as he had always been a suave person and hated all kind of conflicts. After this common sense inner monologue, he decided that the best option would be to sacrifice himself for a higher purpose. That was the way for him to go to heaven and be the hero that he was destined to be.

The problem that occurs with such an idea is the fact that when it is striking a person like P, an ordinary man and not worth mentioning in a story, it is not easy at all to be accomplished. When a common and, I dare say, boring person, who does not deserve to become a fictional hero and nevertheless, for a completely unknown reason, finally takes a place in the mind-made reality, it is difficult to handle an idea like that. When someone without any exercise in the complexity of thoughts and feelings encounters a sublime idea, then it is almost impossible to find a way to properly analyse and perform it. Contradiction emerges at once: P. tries to cope with an idea, which definitely does not suit his temperament and nature. There is this conflict between theory and praxis, between a decision and the moment of its performance, between the eternal idea and the mortal body that carries it. But since he is assigned to this task, he has to react and correspond to it. Of course, for P. the writer's intention is translated in his mind as a strange feeling or a striking inspiration related to the obscure notion of fate. From now on he stays alone to choose how to fulfill form his fictional destiny.

~ *Stella Chachali*

Six adventures of Logician A

At the hotel

Logician A arrived at the hotel at 3 o'clock in the morning. He looked at the neon label: "Hotel Hilbert B." Receptionist C was looking sleepy behind his desk, yet he quickly regained his polite posture:

"Hello sir, how can I help you?" he said.

"Hello, I would like a room please," said Logician A.

"Have you made a reservation?"

"No, it was unexpected that I have to reside in this city tonight, so I did not make any," he admitted.

"I am very sorry sir, but I am afraid we are full at the moment," Receptionist C informed Logician A politely.

"Ah? Is it so? But in your brochure it is written that you have an infinite number of rooms, am I wrong?"

"You are correct sir," agreed Receptionist C condescendingly. "However, as it happens, for the moment we also have an infinite number of guests, occupying the entirety of our infinite rooms."

"Ah, but this is no problem. No problem at all!" cried Logician A. "Maybe you miss the meaning of infinity. I find this surprising, given that this is a Hilbert Hotel... I would assume you are new in this position. Anyway, it doesn't matter." He took a deep breath and continued in his professor style: "Look, our situation is very, very simple. All we have to do is to ask the occupant of room 1 to move to room 2. Then the occupant of room 2 to move to room 3 and so on. In general, the occupant of room N will have to move to room N+1 and in the end every one of your infinite customers will have a room and room number 1 will be free for me. You see, infinity plus 1 is still the same infinity", he concluded triumphantly.

"But sir..." started Receptionist C in an alarmed tone.

Logician A did not listen to him any longer. He had reached the conclusion that this person was a cretin with minimal understanding of the basics of logic and numbers. Thus he decided to start the process on his own; what was important for the moment was to resolve the situation; later he could complain to the management.

Of the infinite number of doors that Logician A planned to knock upon, he only reached that of room number 1. The heavy punch of angry Occupant D made him change his plan and sleep in his car.

Philosophical Duel

Once upon a time, Logician A decided to deal more seriously with philosophy; in any way, he thought, possessing the secrets of logic is good enough in order to excel also in this domain. As always, he aimed for the top and he decided to challenge Socrates B.

"It is you that have said the infamous *The only thing I know is that I know nothing?*" he asked him knowingly.

"It is true, I have said this," replied Socrates B.

"But sir," Logician A was ready to attack, "how can you know nothing, if you admit that you know something, the mere fact that you know nothing? This is a paradox, do you know that?" he posed the last question in excitement.

"No, I do not know that," Socrates B admitted plainly. "But what I find paradoxical is your question, since, anyway, I have stated quite clearly that the only thing I know is that I know nothing".

Logician A turned his head and returned home to continue his studies.

Hooligans

One day Logician A witnessed a street fight. It was between two people and, listening to their cries, he soon found out that they were two hooligans, Hooligan B and Hooligan C, who had been arguing over the latest grand soccer derby. "Hooligans," he thought bitterly, "creatures so far away from the beauty of Logic." Being good-hearted, he went to help stop the nonsensical fighting, which had already caused some broken teeth and noses.

"My dear gentlemen," he called them this way even though he believed they did not deserve the honorific, "could I ask what it is you are fighting about?"

Surprised by the interruption, the two hooligans turned their bruised eyes and looked at him; then they started yelling one above the other and Logician A understood that they were arguing about the offside that the referee had given at the last minute of the game.

"Ah, but then this is very simple," Logician A sounded genuinely relieved. "You know, my friends, the definition of offside presupposes that in a soccer field, given a line and a point not on it, at most one line parallel to the given line can be drawn through the point. I am referring to the famous Playfair's axiom, which is another form of the Euclidean Postulate and, as everybody knows, this has bothered mathematicians for centuries. So we can decide it is not worthy to break each other's heads over a referee's decision, knowing that the issue is of utter complexity at its foundation".

He was about to continue his argument referring to the works of Kurt Gödel and Alan Turing, proving that we can also have undecidable penalties, but it turned out that it was not needed; his intervention was successful. The two hooligans stopped fighting each other and joined forces against Logician A instead.

The next recollection of Logician A was waking up at the hospital with a huge headache.

The Party

Once Logician A attended the party of a distinguished colleague of his, Colleague B. He had a bit more to drink than usual, so at some moment he asked the host about the whereabouts of the toilet, which he needed to visit quite urgently.

"It is easy to find," said Colleague B quite happily - much probably he was also a bit tipsy. "It is on the second floor, so you need to use the stairs. Then, there are two doors and each one has a sign that contains a statement. One of the statements is true and the other false. The door of the toilet is the one with the sign that contains the true statement."

Logician A followed the instructions with the excitement of a peeing dog; even though he did feel a quite annoying pressure in his bladder, the prospect of a logical puzzle had always been welcome to him.

Reaching upstairs he found the two doors, Door C and Door D; he examined the signs carefully:

Door C : The statement on the sign of Door D is true
Door D : The statement on the sign of Door C is false

Logician A ended up peing into a flower pot on the corridor.

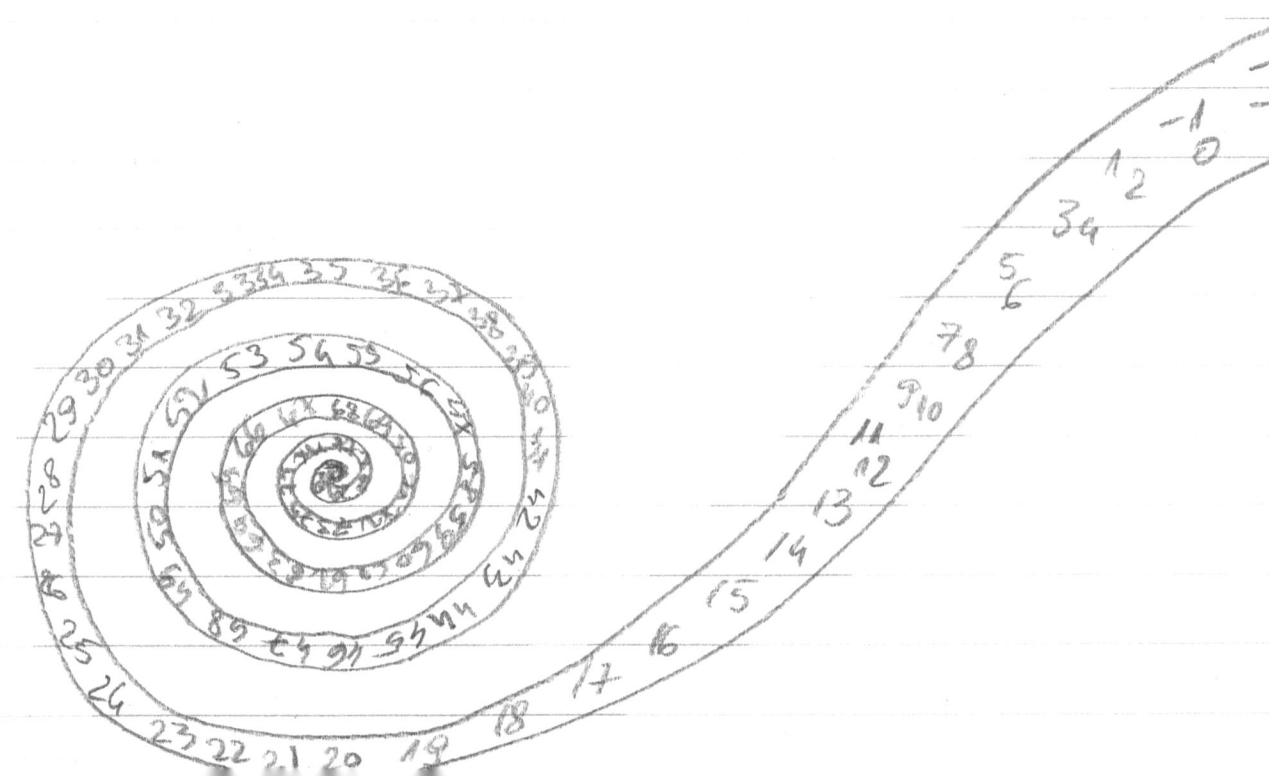

The Death of Logic

Logician A happened to take part in a gun duel against Duelist B and Duelist C. The reason that led to this unfortunate situation is not recorded and maybe not of importance (let's just call it Obscure Reason D), but the result was that they were now standing the three of them in a field, forming an equilateral triangle. Being the worst shooter of the participants, he had a handicap on this occasion. To be exact, Logician A had a success rate of 1/3, namely, he would manage to hit the target only one in every three attempts. Duelist B was twice as capable with his gun, being able to successfully hit the target every two out of three shots. Finally, Duelist C was a perfect shooter having a one hundred percent success rate. In order to balance the handicap, it was decided that Logician A would shoot first. Then it would be the turn of Duelist B (if he was still alive), then of Duelist C (if he was still alive), then again of Logician A (if he was still alive) etc, until only one participant was left alive. So at least Logician A had the benefit of shooting first; this and the power of his logic.

His syllogism seemed unimpeachable: He thought that, if he decided to shoot at Duelist B and did manage to kill him, then it would be the turn of Duelist C, who would have only Logician A to use his perfect shooting skills against. Thus he rejected this option; it would be better to miss the target on such an occasion. Then he reflected on shooting against Duelist C. However, he realised that again, if he did kill him, then it would be the turn of Duelist B, with two out of three chances to kill him. Actually, it would be better not to succeed in killing Duelist C either. That way, in their turns his opponents would prefer to shoot the other participant over him. So, he deduced, in the end one of them will be killed and it would be Logician A's turn again, having only one opponent standing this time. This meant that, in any case, it was better to miss in the first shot; and this is what he tried to do: he shot confidently into the air.

Alas! Logician A did not calculate that targeting the air he had again only 1/3 chance of succeeding. The greatest probability was to miss and kill one of the other two duelists and this is what happened. Being unlucky, the one he did kill was Duelist B.

Then it was Duelist C's turn, who pointed his gun against his only opponent now, Logician A.

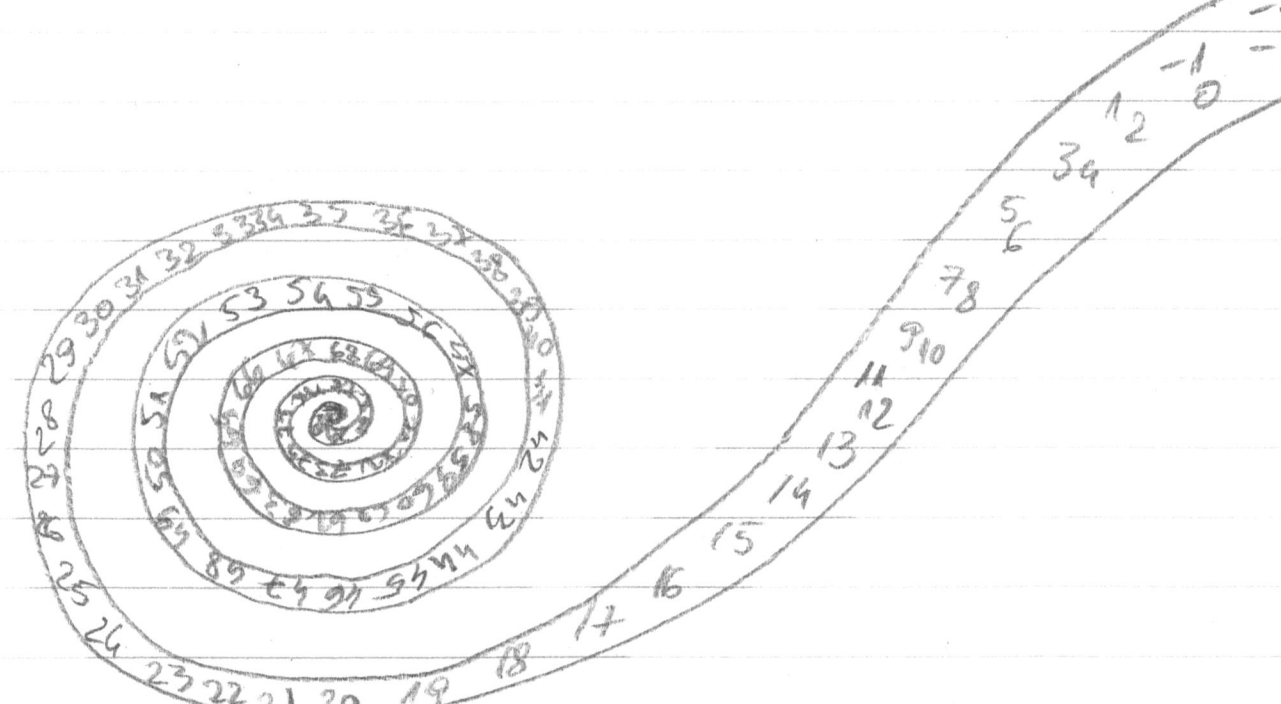

In front of God

After dying, Logician A met his Creator, God ABCDEFGHIJKLM-NOPQRSTUVWXYZ. Most people face the Eternal, Divine, Omnipresent, All-powerful, Ultimate Being, i.e. God ABCDEFGHIJKLMNOPQRSTUVWXYZ, in awe; nonetheless, Logician A had learnt in all his life to encounter everything rationally and serenely, so he decided to keep this rather positive habit also in this death.

"Are you God ABCDEFGHIJKLMNOPQRSTUVWXYZ?" he asked the King of Kings.

"Yes," said the Almighty in His majestic voice.

"And you declare you are omnipotent? Meaning that there is nothing you cannot do?"

"Yes," His tremendous voice filled the spacetime and all other dimensions of infinity once again.

"Then I dare you," continued Logician A courageously, "can You create a stone that is so incredibly big and so unimaginably heavy, that not even You will be able to lift it?"

It is under that aforementioned stone where Logician A is spending his time in eternity.

~ *Georgios Dagkakis*

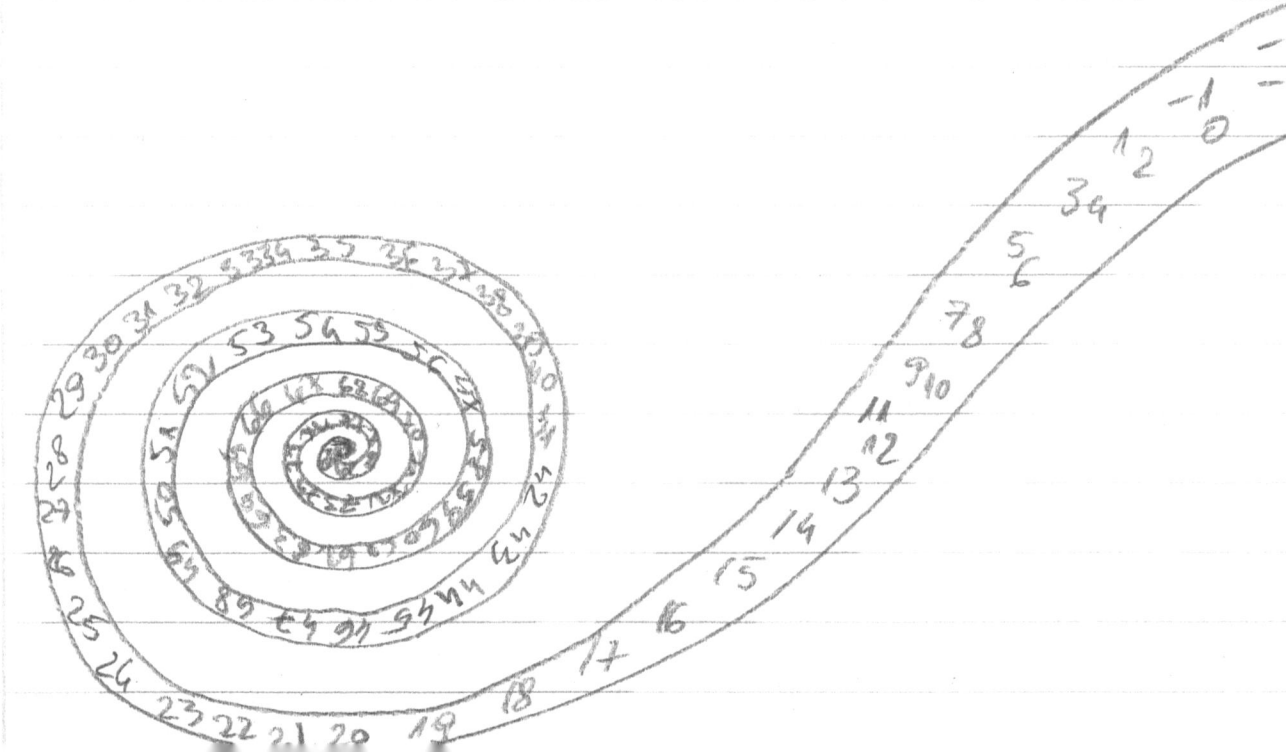

Serie Z - W 1: Die Ich von Jetzt ist nicht die Ich von da

„Wir leben beständig eine Lösung der Probleme, die für das Denken hoffnungslos unlösbar sind." (Gaston Bachelard, *Poetik des Raumes*)

Ich hatte noch nie wirklich Angst zu fliegen. (außer in meinen Träumen, wenn ich wirklich fliegen konnte, ohne das ‚Sicherheitsnetz' einer tonnenschweren Maschine zu haben – kurz, was sich so ziemlich jedes Kind wünscht)

Also formuliere ich um: ich hatte noch nie wirklich Angst mit einem Flugzeug zu fliegen (ein Restrisiko, dass man sich gerade in dem „richtigen" Augenblick in der „richtigen" Maschine befindet, miteinbezogen – Situation, in der man ohnehin nichts mehr machen kann).

Warum jetzt? Großer Knoten in meinem Magen – Ausdruck einer unerwünschten/ unerwarteten/ unverhofften post- / inter-Corona Panik.
Fragen drängen sich auf, die ich gerade nicht zu beantworten gewillt bin.

Ich glaube, ich habe meine Sprache vergessen; was wäre, wenn ich meine Sprache vergessen habe, wenn mir Wörter, wie neulich, nicht mehr einfallen ++ ich habe meine Sprache vergessen – Panik, Panik! Es fühlt sich nicht richtig an, ich mache Fehler, offensichtliche Fehler.
Haus meiner Großeltern: Ich habe einmal hier gelebt, lange Zeitspannen hier, wo sind meine Erinnerungen? Ich bin eine Fremde; in dem eigenen Haus; ein Fremder; Erinnerungen sind da, ich finde mich hier nicht wieder

++ die Ich von Jetzt ist nicht die Ich von da ++

hier habe ich gespielt, der Garten, Sicht über die Kleinstadt, der Wald, die gepflegten Blumen der Oma, Ordnung ++ Es ist ich, ein ich, vergangenes ich ++ es sträubt sich in mir.
Will weinen, heulen; kann nicht
Die Menschen sind lustig; sie sind lustig, weil ich mich nicht jeden Tag über sie ärgern muss, jetzt mag ich sie, früher eher nicht ++ die Gesellschaft verändert sich – ich habe den Blick des Fremden, des Anderen, der Fremden ++ vielleicht habe ich gar kein Zuhause mehr, ich habe mich entwurzelt, kein Zuhause mehr, auf der Suche nach mehreren Heimaten
Ist es an der Zeit? Rückkehr verschoben ++ ich frage mich, ist es an der Zeit? Rückkehr notwendig ++ nein, ja, nein

verliere ich/ entgleiten mir unvorsichtig/ schleichend meine Wurzeln?

Konfrontiert mit solch einer Drohung drängt das Bewusstsein weitere mehr oder minder gesellschaftliche Angelegenheiten - Klimawandel, hungernde Menschen, reicher werdende Reiche, allerhand Krisensituationen etc. – in den Hintergrund.
Unbedeutsame Dimension angesichts einer potentiellen Verlust der eigenen Identität – Erinnerung an Geflüchtete; Lebensborn Kinder; Liste unendlich

Die Skepsis, dass man es dieses Jahr doch nicht in die Heimat (erste) schafft, hat sich nach zwei Jahren mehr als breit gemacht. In diesem Alltag ist man dem Er-eignis des Abreisens und Ankommens nicht mehr gewachsen – man eignet sich nicht mehr dafür.
Dichotomie zwischen Bedürfnis und Angst - lässt sich nicht auflösen.
Selbstverständlich wächst der Schrecken exponentiell mit der Wahrscheinlichkeit des tatsächlichen Ankommens. Wer braucht schon unter diesen Umständen den Glauben an eine höhere Instanz?
oder gerade deshalb

Allein Musik holt mich aus dem Loch raus, sagte mein Bruder.

~ *Mirona C.*

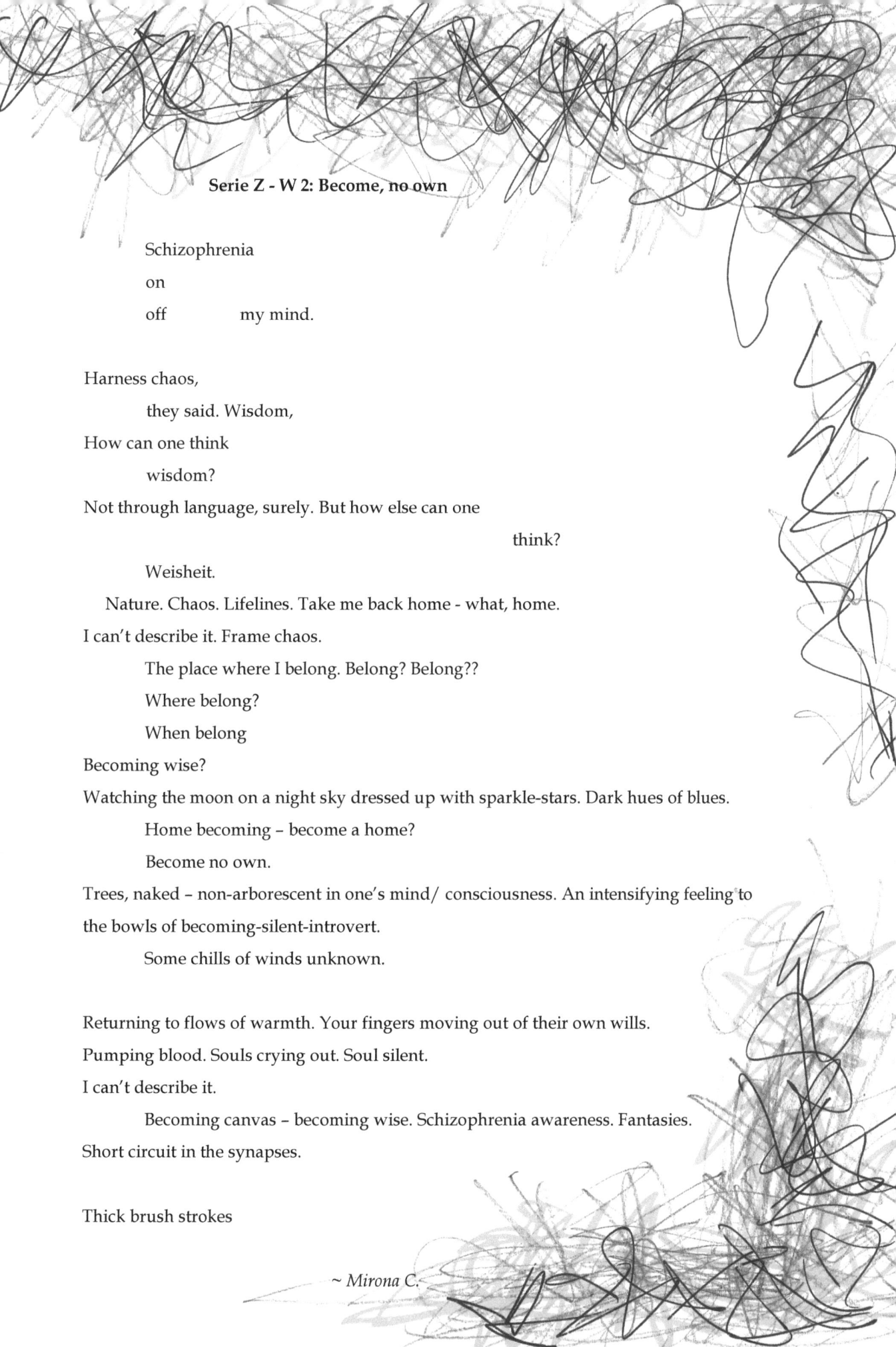

Serie Z - W 2: Become, no own

Schizophrenia

on

off   my mind.

Harness chaos,

        they said. Wisdom,

How can one think

        wisdom?

Not through language, surely. But how else can one

                                think?

        Weisheit.

    Nature. Chaos. Lifelines. Take me back home - what, home.

I can't describe it. Frame chaos.

        The place where I belong. Belong? Belong??

        Where belong?

        When belong

Becoming wise?

Watching the moon on a night sky dressed up with sparkle-stars. Dark hues of blues.

        Home becoming – become a home?

        Become no own.

Trees, naked – non-arborescent in one's mind/ consciousness. An intensifying feeling to

the bowls of becoming-silent-introvert.

        Some chills of winds unknown.

Returning to flows of warmth. Your fingers moving out of their own wills.

Pumping blood. Souls crying out. Soul silent.

I can't describe it.

        Becoming canvas – becoming wise. Schizophrenia awareness. Fantasies.

Short circuit in the synapses.

Thick brush strokes

~ Mirona C.

Wish

"Carry it for a moment and I will bring them to you"
Said Atlas to Hercules
Wearing a cunning smile
(Anyway, I've been punished long enough)
And he turned to leave

"But… I do not hold anything"
Said Hercules to Atlas
Being sincerely startled
(What? Is it standing on its own?)
And the Titan had to stay

First there was anger
The jokes gods play can be heavier than the skies
Then there was freedom
(Golden apples are not even edible)
They could enjoy the heavens now

At that very moment
Somewhere in the far distance
Someone witnessed a star
Falling from the sky
He made a wish

The first one in human history

~Georgios Dagkakis

Erinnerungen III

Meine Augen sind müde und schwer, als der Zug vom Ostkreuz abfährt.

Auf der Fahrt lässt es sich immer so gut schlafen.

Diesmal zwinge ich mich jedoch, wach zu bleiben, um nicht meinen Anschluss zu verpassen.

Nur die Augen sollen kurz ruhen dürfen, sage ich mir. Das Licht flimmert und zittert durch die milchigen Glasscheiben, wie das Feuerwerk an Silvester, was jährlich 4000 Tonnen Feinstaub in die Luft jagt. Wir mussten ziemlich schnell unterwegs gewesen sein. „Alles zieht vorbei" singt Fatoni auf seiner neuen Depriplatte. Der Bass schwingt im Takt der auf den Gleisbetten ratternden Räder mit. Ich werfe einen prüfenden Blick nach draußen, als fände ich darin eine Antwort auf seine Worte. Der Fahrtrichtung den Rücken gekehrt sehe ich die Landschaft, die bereits hinter uns liegt. Kaum zu fassen, dass ich Teil davon gewesen sein soll.

Als ich aussteige, genieße ich noch die warmen Sonnenstrahlen auf meinem Gesicht, bevor ich den Bahnsteig wechsele.

~ Chen-Rui

ECHOLOT

Als wohl experimentellster Teil des Magazins bildet unser Echolot spontane kreative Prozesse ab und fügt dem Referenztext auf diese Weise eine Facette hinzu, vervollständigt ihn so, wie es im bloßen Gespräch nicht möglich wäre.

Auf welchen Text jeweils geantwortet wird,
Lässt sich am verwendeten Rahmen erkennen.

Dabei kann es auch vorkommen, dass ein Echo auf einen Text aus vergangenen Ausgaben Bezug nimmt. Haltet also Ausschau!

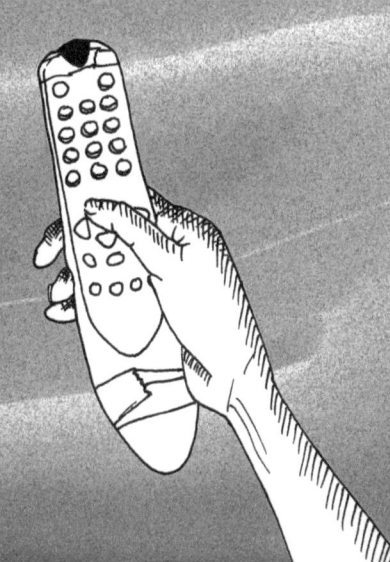

Träume II

Nachtstück am Strand

Der Himmel will den Vogel, das Meer will den Seefahrer, ein Piratenschiff seinen Kapitän und ein Gestrandeter seine Heimat wieder. So griff ich zur Feder, drückte sie recht fest aufs Papier. Lange schon vor diesen Zeilen hätte ich wissen müssen, wohin sie mich einmal führen würden. All den Linien, Strichen und Schleifen, mit denen mein Gedächtnis seine Bruchstücke zu verschnüren sich gedachte, war mein Verhängnis eingeschrieben. Wie war das gleich: *Weistu was so schweig*, schweig's so vor dich hin – das ist ganz leicht. Das Logbuch, es war jetzt meins.

An Stellen, wo das Ufer schnell in große Tiefen abfällt, braucht es Landleinen zum Ankern. Man schreibt sie in Schleifenhaft um ein festes Objekt am Ufer, doch nicht um diesen Baum, denn der wird durchgenagt vom Seil, gib Acht! Nimm einen grauen Stein, der liegt vielleicht am Rand und darf nur nicht von scharfer Kante sein, aber das weistu noch. Wieder blitzt das auf, durchzuckt es mich; da kommt Vergangenes empor, übersetzt mich einem unweigerlichen Kurs. Und tropft es auch vertikal, von oben nach unten überfallen sie mich, schlagen mir aufs Haupt, auf den Nacken, beschlagen meine Brille und beklecksen den Blick ganz und gar unleserlich. Der Regen musste mir gefolgt sein, um mich zu ersäufen.

Durch den Vorhang aus Tintenfäden erkennt man vielleicht die Umrisse von noch zwei, drei weiteren Schiffen in Ufernähe und versteht auch ohne je hier gewesen zu sein, dass der Anker bergauf gezogen werden muss, weil alle anderen Achterschiff in Uferrichtung gesteuert haben. Gemessen an Größe des Schiffs und Wetterlage sollten solche Manöver allein eigentlich gar nicht zu vollführen sein.

Wie ich es also fertiggebracht habe, wird mir erst nach der Landung zur Frage erwachsen. Das ist eine von denen, die mich irritieren. Etwas in mir scheint solche Fragen zu meiden und bemerkt mir zum Tausch den jetzt abwesenden Regenfall. In der Tat, der Blick ist ungewohnt klar, solang ich ihn auf das richte, was vor mir liegt. Ungewöhnlicher vielleicht, dass auch Haar und Mantel trocken geblieben waren. Alles, was von diesem Unwetter blieb, war ein tintenblauer Strand und der eingefärbte Stein vor mir. Da schlinge und vertäue ich die Landleine drum und drücke ein paar Schritte in den Sand zu meinen Füßen.
Die Nacht war jetzt heller als der Winter an manchen Tagen.
Im Mondlicht fand ich die Schiffe wieder der Reihe nach angelegt sich abheben aus den letzten sanften Wogen, und fand alles zu ruhig. Viel zu ruhig, eigentlich. Von den Schiffen her kam nichts, allein das Wellenrauschen untermalte den dunkelfarbigen Sand, den meine Schritte zerknirschten. Aber du weißt ja, was man sich sagt: nämlich, dass, wer hören will, nicht fühlen darf. Wandert der Blick also an den Galeonen vorbei, findet sich dahinter ein Lichtlein flackern. Vielleicht die Feuerstelle einer der Besatzungen, obwohl dafür vermutlich zu klein, laut Augenmaß. Was es war, galt's herauszufinden und mindestens war jemand da, mit dem man endlich sprechen konnte. So machte ich mich auf. Hier ein, zwei Schritte nach vorn, dort ein heller Punkt, am Himmel darüber ein weißes Rund und dazwischen blauer Samt, der funkelt.

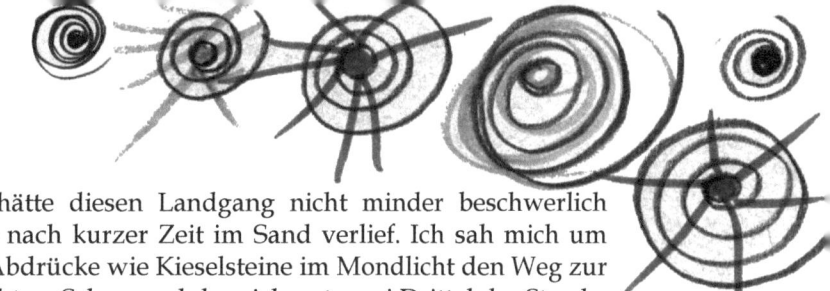

Selbst eines Matrosen Schuhwerk hätte diesen Landgang nicht minder beschwerlich gemacht, weshalb sich mein Tempo nach kurzer Zeit im Sand verlief. Ich sah mich um und fand die bereits hinterlassenen Abdrücke wie Kieselsteine im Mondlicht den Weg zur festgemachten Landleine zurückleuchten. Schon nachdem ich gut zwei Drittel der Strecke hinter mir hatte, waren meine Stiefel wie Federkiele vollgesogen und musste mir klargeworden sein, dass dort, um diesen hellen Fleck herum, kaum mehr als ein paar Leute rasten konnten. Was sich von weitem noch wie ein kleines Lager anließ, war zwischenzeitlich zu einem herangetragenen Baumstamm geschrumpft, auf dem zwei Seeleute wachten.

Keiner von beiden schien mein Herannahen auch nur zu ahnen. Der eine saß mit dem Rücken zur Bucht, nach vorn gebeugt überm Lagerfeuer. Der andere kehrte seinerseits ihm den Rücken zu; sein Gesicht in Schatten getaucht, hob er in kurzen Abständen eine Flasche an die Lippen. Als ich auf ein paar Meter herangekommen war, hörte ich sie untereinander tuscheln. Mich in den Ruf stellen zu lassen, ich hätte mich anschleichen wollen, kam nicht in Frage, drum hob ich die Arme, rief ihnen freundliche Grußformeln zu, doch nichts.

Also trat ich an den Vordermann, sprach ihn direkt an, wo denn der Rest seiner Mannschaft sei und wo sein Kapitän und woher sie überhaupt gekommen waren, doch der nahm mich nicht mal wahr. Der stierte nur aufs Meer und stammelte unentwegt:
„Eins… zwei… drei… vier…", und tat nach jeder Zahl einen großen Schluck aus seiner Pulle voll Rum. Dann wieder von vorne:
„Eins… zwei… drei… vier…", nahm er erneut zwischen den Zahlen seine Schlucke und setzte unentwegt von neuem an. Da gab es nichts zu holen. Auch auf der anderen Seite des Baumstamms war nicht von Dialog die Rede. Obschon in Würden eines Bootsmanns, gekleidet in Dreispitz, Mantel, Kniehose, Seidenstrümpfe und Schnallenschuhe, schien der Alte irgendetwas im Licht zu suchen. Erst jetzt bemerkte ich, dass es keineswegs ein Lagerfeuer war, das er so gebannt im Auge behielt. Natürlich musste Feuer von wärmerer Farbe sein als diese Lichtquelle und wieso mir diese Tatsache nicht früher einleuchtete, gehörte zu den irritierenden Schleiern, die ich gerade erst beschrieb. Vielleicht erschien es mir durch die tintenverschmierten Brillengläser normal. Im Dunkeln jedenfalls dauert es immer eine Weile, bis sich die Augen an das Naheliegende gewöhnen.

Nein, dieses Licht hier sickerte kalt und elektrisch in die Nacht hinein. Der Bootsmann ließ sie scheinbar aus den Händen fließen: eine schimmernde Schneekugel. Ihr silbriges Licht schrieb Schatten in die Welt und schien den Strand umher eher noch zu verfinstern. Nach und nach wogte das Flüstern des Alten allmählich in einen Singsang, schwoll an und weitete sich und griff um die halbe Bucht:
„Immer im Meer, immer im Meer im Meer immer, immer, immer mehr."
Wie sein Sitznachbar wiederholte er seine Formel immer und immer wieder und suchte in der Kugel nach etwas; oder war es jemand? Und hielt die Kugel direkt vors Auge und wäre auch hineingetaucht, wenn er gekonnt hätte. Doch der Silberstrom schnitt bloß Schatten in sein Gesicht, schliff ihm den Dreispitz und versenkte die Schnapsdrossel von der anderen Seite ins Tiefdunkle:
„Eins… zwei… drei… vier…", und mehr kam nicht.
Mir war, als säßen die zwei schon ewig hier allein und stammelten in fortlaufenden Salven immerfort denselben Irrsinn. Da bisher noch keiner der beiden von mir Notiz genommen zu haben schien, setzte ich mich neben den Bootsmann, um mir selbst ein Bild von dem zu machen, was genau er in dieser Schneekugel betrachtete.

Zunächst war da nicht viel, bloß weißes Rauschen, überbelichtetes Flimmern oder wie man es sonst nennt, wenn das Videosignal vom Rekorder nicht entschlüsselt werden kann. Sitzt man lang genug davor, wachsen merkwürdige geometrische Figuren, manchmal auch Gesichter, aus dem Schnee. Da erinnerte ich wieder diese stereoskopischen Bilder aus der Kindheit, deren geheime Botschaften erkennt, wer auf eine bestimmte Weise hineinschielt. War es etwa das, wonach mein Bootsmann Ausschau hielt? So drückte ich meine Brille mit beiden Händen an die Nasenwurzel und hoffte darauf, der Alte möge die Kugel hoffentlich so lang stillhalten, bis sich meine Augen daran gewöhnt hätten.

Nach nur kurzer Zeit schon waberte die Ahnung einer Form an die Oberfläche, doch verschwand sogleich. Es mochte mir nicht gleich gelingen, den nötigen Fokus aufrechtzuhalten und würde wohl einige Anläufe brauchen, dachte ich mir. Jedenfalls war da etwas, und zwar ganz sicher; und wenn ich eines bin, dann willens meiner hungrigen Neugier das Maul zu stopfen. Beim zweiten Versuch dauerte es länger, bis sich eine Kante zeigte, doch als es endlich losging, versuchte ich das Bild zu erzwingen, und so zerstreute der Blick die Kugel wieder unglücklich entzwei. Je öfter ich ansetzte, desto länger schienen die Umrisse auf sich warten zu lassen. Immer wieder versuchte ich das Bild aus dem Verschwommenen hervorzulocken, wofür ich immer mehr ins Rauschen hinabtauchte. Immer mehr.

Der Augenblick ist als Einheit Zeit zu messen ungeeignet. Vielleicht lag er schon hinter mir, als ich begann über seine Dauer nachzudenken. Manchmal versteckt sich in ihm eine halbe Ewigkeit, manchmal eine ganze. Wie viele Monde dauert denn eine Ewigkeit, wie viele Wellen wären seitdem gekommen? Am Anfang wird stets nachgeahmt, manches wird vergessen und anderes hinzugedichtet, soviel ist klar. Irgendwann einmal schreibt es einer auf und was davor einmal gewesen ist, versickert bald im Rauschen. Hier ein Mast, dort zwei, drei Segel und obenauf weht sie, die Flagge... zweifellos, da hing ein Jolly Roger – es war ein Piratenschiff, mehr noch: eine rot-goldene Galeone, die da auf Fahrt ging in dieser Schneekugel.

Gerade als ich dies erkannte, verlor das Licht merklich an Kraft. Für einen kurzen Moment sah ich meinen Papierkreuzer noch im Widerschein der Kugel auf den trüben Augen des Bootsmannes. Schließlich verlor ich ihn wieder aus den Augen. Langsam, noch ganz langsam begannen sich die gewohnten Konturen für mich aus der Dunkelheit zu schälen; ich musste wieder zu mir gekommen sein. Ich sah den Alten an, fragte, ob er auch das Schiff gesehen habe, denn es sei wonach ich gesucht habe. Da zuckte er zusammen, ließ er die Schneekugel zu Boden fallen und fand um sich her nur grobkörnige Schwärze. Sein Blick war nach all der Zeit blind geworden; er konnte mich unmöglich erkennen. So tastete er umher, zerrte die Schatten seines Hutes über den Strand und über das ewige Zählen des zweiten Seemanns und war ansonsten stumm.

Beunruhigt von diesem Schauspiel drehte ich mich dem Durstigen zu und ging ihn provozierend an, Ahoi!, im Versuch ihn doch noch zum Sprechen zu bringen. Ob er wohl nicht wisse, welche Zahl nach der Vier käme und ob seine Flasche nicht schon längst leer sein müsste? Und siehe da, hatte ich wohl den Nerv getroffen! Da setzte er zunächst ab, schien leicht irritiert und dröhnte mit einer Stimme, so grau wie Stein war die, ich solle mich wohl besser um meinen Kram kümmern. Sagte es und blies mir hundert Jahre Rum ins Gesicht, dass die Augen tränten. Er sei bloß hier, um die Wellen zu zählen:

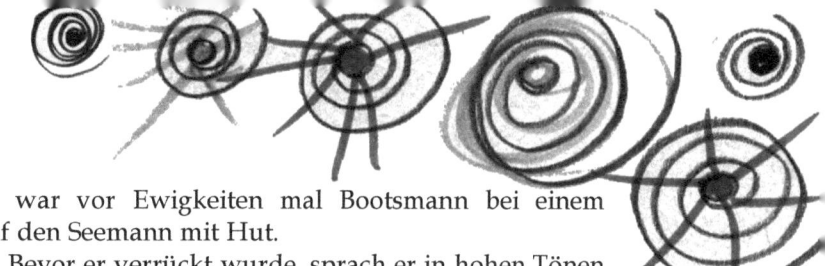

„Aber Kollege Dreispitz dort, der war vor Ewigkeiten mal Bootsmann bei einem bekannten Freibeuter." Er deutete auf den Seemann mit Hut.

„Der war zumindest nicht immer so. Bevor er verrückt wurde, sprach er in hohen Tönen von seinem Kapitän, der ihn hier einmal rausholen werde. Natürlich kam der nie."

Er nahm einen kräftigen Schluck, lachte in sich hinein und rasselte es wieder heraus:

„Ja, wie ein treuer Hund wartete der. Dabei weiß doch jedes Kind, dass es das Beste ist, man lässt alle Hoffnung fahren, hier draußen… Was ziehst'n jetzt für ein Gesicht?, willst mir wohl weismachen, du wüsstest nicht wovon ich sprech'? Hol mich der Klabattermann. Stört mich dreist bei der Arbeit aber weiß also von nichts. Und wenn ich mich jetzt verzählt hätte wegen dir? Soll's das etwa auch noch geben. Na, da wirst du noch früh genug drauf kommen, du Zaraffel."

Da streckte er mir schließlich die Flasche hin und wollte weder mit sich verhandeln lassen noch auf die Frage eingehen, wo wir hier gestrandet seien:

„Hier nimm die Pulle, ich schenk' sie dir. Kannst sie jetzt besser brauchen als ich."

Das Licht der Schneekugel war inzwischen noch schwächer geworden.

„Also selbst wenn der noch käme, auf den das Kerlchen wartet – mit ihm hier ist nicht mehr viel, sieht man ja wohl."

Käme wohl auf einen Versuch an, dachte ich bei mir. Mit der Flasche in der Hand stieg ich über den Baumstamm. Der Bootsmann kroch am Boden, tastete nach der noch sacht leuchtenden Kugel. Um ihm begreiflich zu machen, er solle seine Suche pausieren, griff ich ihn bei der Schulter. Er ließ gleich mit sich machen, ließ sich zum Beispiel aufrichten, sich die Flasche an die Lippen setzen, wehrte sich nicht, und so half ich ihm trinken. Es schien, das musste alles gewesen sein, was ihm fehlte, denn augenblicklich fing er wieder an zu sprechen:

„Käpt'n, seid Ihr es?"

Ich verneinte, antwortete ihm, er müsse erst einmal zu sich kommen, und dass er wohl in einem langen Traum gefangen gewesen war. Was davon an seine Ohren drang, war nicht auszumachen. Ich griff nach der Schneekugel und bat ihn mir zu erklären, was es damit auf sich habe. Im kalten Widerschein der Kugel folgten seine trüben Augen dem Klang meiner Stimme. Der Alte grinste:

„Habt Ihr ihn gesehen? Den Jolly Roger, Käpt'n, Ihr habt ihn gesehen, nicht wahr?" Ich bestätigte. Sofort begann die Unterlippe des Bootsmanns zu zucken, er zitterte und es stiegen ihm Tränen in die Augen:

„Soll mich der Teufel hol'n, Käpt'n! Es ist noch nicht zu spät!"

Den Alten darauf aufmerksam zu machen, dass ich nicht der war, für den er mich hielt, erschien mir spätestens jetzt als meinem Ziel, mehr über das Papierschiff herauszufinden, hinderlich. Also entschied ich mich kurzerhand, auf das Spiel einzugehen. Ob er denn wisse, was das zu sagen hat, wenn Jolly Roger verschwunden sei, bei Nacht?

„Käpt'n", begann er zu wimmern: „Immer im Meer, immer im Meer im Meer, immer, immer, immer mehr Menschen ertrinken im Meer, Käpt'n. Ich habe sie gesehen, alle gesehen. Es war fürchterlich, Käpt'n."

Im selben Moment, als der Alte zu Ende gesprochen hatte, begann das letzte Licht aus der Schneekugel zu weichen. Auch der Mond war schon lang über uns hinweggezogen. Was bald geblieben sein wird, würde bloß Meeresrauschen sein. Für einen ewigen Augenblick tritt es an die Oberfläche und versenkt dich in matten Ängsten. Wer war denn ertrunken? Wo und wann waren sie ertrunken? Keine Antwort.

Ich schüttelte die Kugel fest in der Hand, presste sie an die Stirn, versuchte ein allerletztes Licht zu erhaschen, einen Ausweg von diesem tintenschwarzen Ort. Da sah ich mich stehen – weit hinten und an Deck der rot-goldenen Galeone; wir mussten abhandengekommen sein. Ich sah mich mit den Händen einen Trichter vor dem Mund formen, schien mir etwas zurufen zu wollen, doch auf die Entfernung konnte selbstverständlich kein Laut durch das Schneegestöber dringen. Noch einmal versuchte ich es, lauter, doch nichts. Nach dem dritten Versuch gab ich es endgültig auf, mir lief ohnehin die Zeit davon. Es würde bald Nacht werden. Ich drehte mich wieder um und nahm die Treppenstufen vom Hauptdeck Richtung Kapitänskajüte. Als ich die Hände wieder in die Manteltaschen steckte, bemerkte ich die randvolle Flasche Rum von vorhin. Bloß, wer von euch hatte sie mir gleich gegeben?

Da lehnte plötzlich einer aus dem Krähennest, schrie aus voller Kehle:
„Eh, Käpp'n! Eins, zwei, drei, vier, fünf!"
Bleibt einem auch nichts erspart, dachte ich bei mir. Damit war klar, dass alle Warnungen vergebens gewesen sind. Gab also noch allerhand zu tun, bis ich die Flasche würde köpfen können. Das galt es alles im heutigen Logbucheintrag festzuhalten. Der Himmel will den Vogel und das Meer will den Seefahrer, so ist das. Ich gab die nötigen Befehle und saß schon gleich am Pult, überblätterte ein paar Seiten und drückte die Feder fest auf.

Die Flasche stellte ich derweil ins Kerzenlicht. Mit dem Etikett musste sich jemand einen Scherz erlaubt haben, es zeigte den Totenkopf Jolly Roger. Ich nahm die Flasche in die Hand und drehte sie gegens Licht. Der Farbe nach war beim besten Willen kein Unterschied zu Rum auszumachen; nun, Alkohol ist ein starkes Nervengift, keine Frage. Vielleicht war das gemeint. Dann sah ich den Fetzen zum ersten Mal: Am Boden der Flasche schwamm ein Stück Papier, es schien sogar beschriftet. Das Siegel war aber unversehrt. Zum Teufel, wie kam das dort hinein? Da war wohl beim Abfüllen schon keiner mehr nüchtern gewesen. Sei es wie es war, der Unsinn hatte zu warten, denn etwas anderes war sicher: Diese Nacht schon würde der Sturm uns treffen.

– – Fortsetzung folgt – –

~Eising

Dream a little Dream, Chen-Rui, Fineliner auf Fotokarton

From A to Z and from Z to A

So nice of you to come, my friend, I hope the coffee is nice. I made it the way you like it. How do I know? Ah, yes… I will come to this.

You know, it was a couple of years ago when I read that our body cells change every seven years. No, I did not put it correctly; in reality, they say, our organism replaces cells all the time, but your future self in about seven years or your past one may have not one single cell in common with you now.

At least that's what I've read. You can also look it up on the internet, I am not a specialist in the matter. Maybe it is an urban legend or an oversimplified reality. Who knows? Anyway, it kind of shook me at the time. Me or myself back then, with whom, at least, I should share about 70% of cells. Questions were raised: Am I thus a paradox, like Theseus' ship? If during some time every part is renewed, can we speak of the same entity? When I say that I will love my lover till the end of time, I do want to mean it, but how can I? In reality, who am I to make such statements, since I do not know who I am?

So I started thinking. I do share some stuff like DNA with my past self, anyway, the new cells must carry the same as the replaced ones. This is something, but not enough, since it implies I am in reality defined by a sequence. One that would be easily represented with digits and even if this sequence of digits is long, it would most probably be found in the vast desert plain of the infinite digits of numbers like π or the square root of 2.

Then, there is memory; this can be hazy at times, but it is really something. Because in addition to facts and numbers, it also contains feelings and emotions. I do like eating aubergine now, however I can remember the feeling of my six-year-old self that detested it and was crying every time my mother was forcing me to finish my plate.

At the time I was thinking about this, I also happened to read a science fiction novel, The Black Cloud by Fred Hoyle. Somewhere in that book one character explains that, if we had a society of entities that exchanged emotions and feelings telepathically, similar to how we humans exchange language via talking or writing, then we would be forced to consider it not as a society of multiple creatures but as one being.

So yes, my friend, maybe in that sense I am a unique identity, there is an "I" or a "me" I can define somewhere. This thought kept me content for a moment. But then, being an insatiable spirit asking for more, I expanded the question: what about "we" and "us"? I know, I know… I also try to feel sympathy, empathy and generally togetherness, but do I really share something deeper? If I see a six-year-old child now, refusing to eat aubergines, am I justified saying "don't worry, I was like you, you will love it in the future"? Do I have the slightest idea what the bitterness of the vegetable is doing to this fellow and if it is the same effect it produced to me? Actually, is it bitterness at all in this case? Maybe it is the texture or the colour.

The fact that we cannot share experiences made me gloomy again. I've tried all kinds of means such as meditation, religious communities, even some experience with drugs; none of it really helped. That is why, when I found a genie lamp a bit more than a year ago, I knew exactly what to ask for. Yes, my story involves a genie. I know it sounds outrageous but please do not discard it. I can prove it… To you… Maybe no need yet, I know you get sceptical when you hear such absurdity, nonetheless, deep inside you have an open mind… I just know. So do keep this smile, feel free to laugh at me if you like, but just let me finish my narration, see it as a funny parable for now.

Where was I? Ah, yes, the genie. My wish was the following: for the next year, I said, I would like to wake up every day as a different person, another fellow human being occupying our planet; for one day I would like to experience his or her life.

It is difficult to put it into words what a magnificent journey this has been! I've been so many things: a woman in the eighth month of her pregnancy, a dying man at the last stage of cancer, a fugitive trying to pass borders in an overcrowded boat, a priest who has lost his faith, a neo-Nazi, a girl with down syndrome, a Greek immigrant that had been living in France and now in Germany, so he cannot speak any of the two languages properly, a guy returning to his hometown after ages, a secretly gay man feeling trapped in his marriage with his unhappy wife, two lesbians and one transgender person, a ruthless drug dealer, a homeless old lady struggling with the cold when trying to get a sleep at some filthy alcove of a train station, a simple minded butcher that somehow thought to have found the meaning of life, but had no idea how to fulfil it, to name a few.

And I've also been you! You look alarmed, as if you're wondering whether you would prefer that I am a lunatic instead of telling the truth. That's how I know about your favourite coffee and more; that's why I had this music playing when you arrived and you exclaimed "I love this song!"; music is one of the very few ways of, at least momentary, togetherness, you know. That's why I found *you* in the first place and I plan to do the same with the others also.

You see, I may have not replaced that many cells within a year, but I sure have changed tremendously. I started searching for an "I", a root, but I did find out that it can only be "we," a rhizome. Nevertheless, I am disappointed - I said I have a greedy nature, didn't I? Not because the wish was not good, I believe it was the best one can do, yet on a different scale. I should have asked that it would happen not only to me, but to everyone, to experience the lives of others. Just for a year, it is enough; I believe then something would change.

So, my good friend, my half-brother that I would wish to make full, I know you still do not really believe in genies, but... If you ever get your chance for such a wish…

~ *Georgios Dagkakis*

Gegenüber der Schönheit

„Gegenüber der Schönheit", hattest du einmal gesagt.

Und es war so viel der Schönheit der weiblichen Landschaft, die tagsüber im überfüllten Zugwaggon erschienen ist. Es hat lange gedauert, bis ich diese merkwürdige Szenerie erkannt habe. Wie ein unauffälliger Fleck auf unserem Körper oder ein vernachlässigbares Symptom, das wir lange Zeit übersehen, bis wir uns entschließen, ihm die nötige Aufmerksamkeit zu schenken und den Arzt aufzusuchen; ein Zeichen, das den Anfang unseres Falls ankündigt. Und wenn wir die schlechte Nachricht bekommen, schauen wir so überrascht, als hätten wir nicht verstanden, was unser absichtliches Zuspätkommen bedeutete.

Zunächst, als ich von meinem Buch aufblickte und meine Mitreisenden betrachtete, sah ich nur eine maskentragende Menschenmenge, ein Anblick, der mir in seiner Fremdartigkeit vertraut geworden war. Die Wiederholung des Unheimlichen ist letztendlich gleichbedeutend mit der Vertrautheit, und diese Szene war auf jeden Fall im Einklang mit den Gesundheitsvorschriften. Ein kleiner Punkt wurde mir jedoch zunehmend unbehaglich, und ich habe meine Aufmerksamkeit darauf konzentriert, ihn zu rationalisieren. Eine durchschnittlich große und elegant gekleidete Frau, die gesetzestreu war, da sie die Maskenpflicht respektierte, weinte leise unter der Maske. Obwohl dieses besondere Spektakel mich in Verlegenheit gebracht hatte und zu einem dringenden Bedürfnis führte, den Ort des Geschehens zu verlassen, war es eigentlich nicht beispiellos. Ich muss gestehen, dass ich eine ähnliche Szene schon bei anderen Gelegenheiten erlebt hatte, und ich war sogar manchmal nicht in der Rolle der Beobachterin, sondern in jener der Beobachteten. Jedenfalls muss man zugeben, dass die Maske nicht nur einen gewissen Schutz vor der Ansteckung mit dem Virus bietet, sondern einen auch vor der Entblößung der eigenen Gefühle bewahrt.

Um es kurz zu machen: Das Besondere an dieser weiblichen Landschaft war weder die Maske noch die Tränen, die unter der Undurchsichtigkeit der Maske verborgen waren. Es war die Tatsache, dass die Frau auf dem Boden des Wagens, direkt vor sich, einen Plastikmülleimer aufgestellt hatte, in den sie immer wieder ihre nassen Taschentücher warf. An dieser Stelle muss man einen kurzen Exkurs machen und den Mülleimer mit der Hilfe von ‚Ekphrasis' beschreiben. Er war aus grauem Plastik, mittelgroß und hatte sogar einen dieser Deckel, die man nicht durch Drücken eines Hebels öffnet, sondern nur durch Berühren der Oberfläche. Der Anblick der Landschaft war unvorstellbar. Alle paar Minuten nahm die Frau ein weiteres Taschentuch heraus, hob diskret ihre Maske an, wischte sich Augen und Nase ab, nahm die Maske vorsichtig ab und warf das Taschentuch in den Plastikbehälter.

Die gleiche Szene wiederholte sich etwa eine halbe Stunde lang mit der technischen Grazie und Fertigkeit einer Ballerina. Die Körperflüssigkeiten, die von ihrem Körper abgesondert wurden, waren von unglaublicher Menge. Sie müsste auf jeden Fall die Dehydrierung mit viel Flüssigkeit ausgleichen, habe ich gedacht. Das Ritual ging ohne Unterbrechungen weiter, während es schien, dass keiner von den Reisenden die weibliche Landschaft bemerkte. Ist es möglich, dass es niemandem aufgefallen war? Existierte die Frauenlandschaft nur in meiner Einbildungskraft oder haben sie sie mit einer Kunstinstallation verwechselt (wir befinden uns schließlich in Berlin und man kann alles ohne Überraschung erleben). Das erste, das ich dachte, war, dass sie vielleicht unter einer seltenen Krankheit leidet, bei der Tränen vergossen würden, die nicht von entsprechenden Emotionen begleitet werden. Die Augen glichen dann einem Automaten, der gefühllose Tränen produziert. Vielleicht brachte sie den Mülleimer vorsorglich mit, im Wissen um ihre Fehlfunktion. Wo sollte sie sonst zwei Dutzend Taschentücher wegwerfen? Vielleicht würde die Krise eine halbe Stunde dauern, und dann würde die Frau wieder in ihren Normalzustand zurückkehren. Vielleicht litt sie an einer Form von Hysterie oder einer psychischen Störung, bei der auf die Euphorie wuchernde Verzweiflung folgt. Meine Phantasie könnte nicht aufhören, potenzielle Szenarien zu entwickeln. Vielleicht war sie eine Bettlerin und kaufte beides, Tränen und Mülleimer, von der Bettlergarderobe, die Bertolt Brecht in der „Dreigroschenoper" beschreibt, aus dem Geschäft, das menschliches Mitleid erweckt.

Während ich von der Schönheit der weiblichen Landschaft verzaubert war, verging die Zeit, ohne, dass ich es bemerkt hatte. Die Szene war unübertrefflich in Schönheit und zugleich unheimlich; alle meine Sinne waren angeregt, mein Herz klopfte laut und ich war in Ekstase. Das Buch blieb auf meinen Beinen liegen als Objekt entfernter Träume. Dann plötzlich ist etwas geschehen, das die Landschaft veränderte. In den Waggon stieg eine ältere Frau, die, nachdem sie die Landschaftsfrau sah, auf sie zuging und ihr ein Paket mit Taschentüchern überreichte. Es war nicht so, als dass die Landschaftsfrau Taschentücher benötigt hätte. Sie hatte eine Plastiktüte voll davon. Dennoch hat sie das kleine Geschenk angenommen und die ältere Frau streichelte ihre Hand. Für einen Moment war sie von ihrem Schluchzen befreit und dann ist etwas Magisches passiert. Sie hat aufgehört zu weinen.

Erst da wurde mir klar, dass ich so lange gegenüber der Schönheit saß, mich aber nie traute, sie zu berühren. Ich war ihr gegenüber, aber nicht in ihr.

Der Zug kam an meiner Station an, ich stieg mürrisch aus und dann wusste ich es. Es war die Zeit gekommen, auf die Zeichen meiner Seele zu achten. Die Tränen der Landschaftsfrau waren nur der Kanal. Kein Zuspätkommen mehr.

~ Stella Chachali

Ob ich mich verändert habe?

Ich kann es mir kaum vorstellen, wie das wird, mich endlich wieder in ein Flugzeug zu setzen und nach Hause / zu meinem alten Zuhause / in das Land, in dem ich geboren wurde, zu fliegen.

//Home? Isn't that in Friedrichshain by now?//

Endlich zurück fliegen, nach zwei Jahren, nachdem sich zeigte, dass auch Bürger:innen eines Landes das Heimkehrrecht in einer Krise verlieren können. Nachdem ich feststellen musste, dass Bürgersein eine andere Bedeutung hat, als die, worauf ich mich verließ. Alte Sicherheiten, worauf meine Lebensplanung einst basierte, verschwanden binnen Tagen. Sollte das etwa wieder passieren?

Dass Reisen in einer Pandemie eingeschränkt werden muss, würde ich nie in Frage stellen. Aber für zwei Jahren gar nicht nach Hause gehen zu dürfen – das tut weh.

Dagegen protestierte auch niemand.

//Yeah nah mate, it was your fault for not coming home back when you had the chance//

Wenn ich an die erhoffte Reise im Januar denke, steigt nicht nur Freude in mir auf. Irgendwie habe ich auch Schiss davor. Meine Heimat ist mir fremd geworden. Ob ich mich inzwischen verändert habe? Oder ob das Land anders geworden ist? Die Dichotomie zwischen Heimweh und Befremdung lässt sich nicht auflösen.

Seit fast zwei Jahren schaue ich aus der Ferne dabei zu, wie mein Land seine Grenzen dicht machte, seinen eigenen Bürger:innen mit Gefängnis drohte, wenn sie es wagten, nach Hause zu kommen. Mein Bundesland Victoria galt einst als progressivster Teil Australiens, eine Tatsache, die mir Stolz bereitete. Jetzt rühmt Victoria sich mit den härtesten und längsten Lockdowns der Welt, durchgesetzt von den inzwischen größten und militarisiertesten Polizeikräften des gesamten Landes. Ein Ausmaß an Gewalt und eine Abschottung hat sich dort entwickelt, das ich nicht kannte.

//Where is home, anyway? Were you really at home there, back then?//

Auch jetzt will ich keine allzu große Hoffnungen machen, falls die Heimkehr doch nicht möglich wird. Die Zahlen steigen hier täglich, die Impfquote bleibt stecken. Die risikoscheue Heimat könnte jeden Tag wieder die Grenzen schließen. Die Grenzen sind noch nicht mal offiziell offen. Flugtickets haben wir für einen verdammten Monatslohn gekauft, in einer Hoffnung, die uns in den letzten Minuten noch durch die Finger schlüpfen könnte.

Meine Frau hat noch kein Visum bekommen, den Antrag stellte sie auch nicht so kurz her. Ob sie mitkommen darf, um meine – unsere – Familie zu besuchen? Einmal wurde sie schon von dem Department of Immigration abgewiesen – „You need to exit the country within 24 hours", sagte der nette Herr. Das könnte ein Muster werden.

//We'll let you in, if we have to, but not your family.//

Ist das überhaupt noch mein Zuhause?

Ich frage mich manchmal, ob es auch damals überhaupt mein Zuhause war.

Ich kann mich an keine Zeit meiner Kindheit oder Jugend erinnern, in der ich mich mit meinem Land identifizierte. Und das ist schon ungewöhnlich, wenn man bedenkt, was für Mühe sich die Australier:innen geben, um ihre Identitäten zu pflegen. Wie sie sich mit jeder Nationalfeier, jedem Sportsieg so einen Stolz einrichten. Wie wir jedes Jahr unsere fehlgeschlagene Invasion der Türkei mit Paraden / Gottesdiensten / Minuten der Stille / Tuba feiern, jeden verdammten 25. April, um ein Identitätsnarrativ aufrechtzuhalten, das doch nur eine Schande war. Wie wir zutiefst befürchten, vielleicht doch ein Teil des Asien-Pazifiks zu sein, und deshalb an jeder möglichen Stelle unsere Treue zu Her Royal Majesty bekennen, jedes Zeichen geben, dass es sich um das Common Law und Westminster System handelt, dass wir vom Empire geboren wurden und im Herzen noch dazu gehören. Wie wir jedes Jahr am 26. Januar Flaggen auf jeden möglichen Fleck malen, von jedem Mast wehen lassen, um die Ankunft der Briten und damit natürlich auch der Zivilisation zu feiern. Wessen Untergang diese Ankunft bedeutete, muss uns nicht interessieren. Hauptsache: stolz sein, saufen, bitte nicht darüber nachdenken.

//No pride in genocide! White Australia has a black history! – it's been a long time since you chanted those slogans.//

Identifiziert habe ich mich mit dem Land irgendwann doch, aber es dauerte, bis ich einen Grund dafür fand. Irgendwas wie „it's all I have" drängte mich dahin. Ich hatte mich damit abgefunden, dass ich zu Australien gehöre, auch wenn es mir peinlich war. Irgendwann wurde die Zugehörigkeit zum Pflichtbewusstsein und ich engagierte mich politisch, weil das Land mir doch wichtig war. Weil ich als Nachkommen der Kolonist:innen mich in Australiens Sünden zu verwickelt fühlte, um wegzuschauen.

//Do you even care anymore? Or have you checked out and left the building?//

Und jetzt? Befremdung ist nicht das Einzige, was in mir aufkommt, wenn ich an das Land denke. Nostalgie für meine Lieblingsorte, Liebe für Familie und Freund:innen, verknoten meinen Magen, wenn ich ans Land denke. Ist das Heimweh? Aber die Befremdung steigt auch auf, lässt mich nicht los, begleitet einen jeden meiner Gedanken an die Heimat. Ob ich wieder dort leben könnte, mich damit identifizieren könnte, mich dafür engagieren könnte?

Ich lebe jetzt in einer Zwischenwelt. Dass ich hier fremd bin, merkt man schnell an meinem Akzent, an die Fehler, die ich immer mache und machen werde. Fehler vor allem mit dem der/die/das, die wahrscheinlich nie verschwinden werden („daran kannste immer Ausländer erkennen, oder?") oder der ungewöhnliche Satzbau („kein Deutscher hätte das so formuliert"). Das wird immer relativ schnell angesprochen. Ich beklage mich darüber nicht – ich bin nicht von Rassismus betroffen, werde keiner Diskriminierung ausgesetzt. Nichtsdestotrotz machen die kleinen täglichen Erinnerungen an das Nichtdazugehören natürlich etwas mit einem.

Ob ich meine Sprache verliere? Darüber mache ich mir keine Sorgen. In Berlin spricht man sowieso genug Englisch, aus der Übung kommt man hier nie. Trotzdem entgleitet mir die Spontanität in meiner Muttersprache, die Sprache wird mir weniger zugänglich. Ich beginne Sätze, die ich nicht beenden kann. Vor einige Jahren konnte ich die schönsten Sätze losschießen, ohne darüber nachdenken zu müssen. Inzwischen wird es mühsamer schönes Englisch zu sprechen.

//You might never fully belong here.//

Und trotzdem muss ich erkennen, dass ich mich hier mehr entwickelt habe als je zuvor. Künstlerisch, politisch, literarisch, beruflich, whatever – hier bin ich faktisch weiter-gekommen, hier habe ich so viele neue Leidenschaften entwickelt, neue Themen entdeckt, neue Perspektiven gefunden. Hier bin ich neue Wege gegangen, die ich mir vor fünf Jahren nicht hätte vorstellen können.

Und Zuhause (ich erlaube es mir, das Wort zu nutzen) – ich habe Schiss, ehrlich gesagt, wie das wird. Meine Freund:innen dort haben zum größten Teil die Grenzschließungen unterstützt, was auch weh tut, auch wenn ich es aus deren Perspektive nachvollziehen kann. Aber vielmehr weiß ich nicht mehr, womit ich dort noch was anfangen kann. Als ob mir meine Wurzeln vielleicht doch entfliehen. Beziehungen und Freundschaften gehen auseinander, wenn man sich nicht sieht. Es gibt dort so viele Menschen, die ich liebe. Werden wir beim Wiedersehen feststellen, dass die gegenseitige Bedeutung, die wir einst füreinander darstellen, entglitt?

//Sure, they will recognise you, but will it be the same? Or will you realise after a few days that there is nothing left for you there?//

Was ist ein Zuhause, verdammt? Ist es nicht hier, da, wo meine Liebste ist, wo meine Freund:innen sind, wo meine Wohnung und Arbeit sind, wo meine Kreativität aufblüht? Wo ich meinen Einsatz für die Gesellschaft leiste? Oder ist sie dort, wo die Wurzeln – meine Wurzeln – liegen, wo die Lasten der Geschichte sind, die einen nicht loslassen? Ist Zuhause dort, wo Familien und alte Freundschaften – vielleicht noch die engsten Freundschaften? – auf dich treu warten?

Ob ich mich verändert habe? Ja und nein. Ich bin doch mehr ich selbst geworden.

Aber im Januar werde ich endlich sehen, was sich zuhause geändert hat, und ob ich mich dort wiederfinde.

~ Tim Redfern

Goodnight, get some sleep

The waters of this lake look nice…
Yet I would not swim until the moon is high...

Have I been sleeping right now? Once someone asks this question, it is most probable that he has indeed been asleep. But maybe not really this time. I check my mobile phone, the time is 02:33, seven minutes since I last checked and a bit less than five hours before it will ring on the alarm sound I have selected, which, by the way, reminds me of the opening riff of the song *Tyrant* by Judas Priest. Pure coincidence, I suppose, but I wake up with this tune in my head every day, singing the chorus as I brush my teeth.

Anyway, thinking of songs is not a good idea when one tries to fall asleep, not to mention looking at my mobile that is even worse; I resist the temptation to pick it up again and check if I have any notifications or messages, which can postpone my sleep way longer. But I *do* want to sleep. I need to get some rest; tomorrow will be a difficult day at work. This stupid issue I did not solve yet… Ah, no, no, forget it now! I need to get some rest, it is healthier; and I did not sleep, at least not more than a few minutes. In reality I believe it was at most instantaneous, a few moments when my thoughts got confused and made no sense, which is most often the prelude of dozing off to sleep. However, here I am again, fully alert, thinking of social media and issues at the stupid office.

Let's try some meditation. I close my eyes and I think of nothing; almost nothing, actually; I think of a red dot and I try to concentrate on it. No other thought, just this red dot floating within the infinite dark space of my vision. I believe I have tried this again in the past and it did not work; or did it, and I just fell asleep and forgot all about it? For the moment I believe that it is going great, but then I realise that this is a thought outside of the red dot, so in reality it does not go as well as it should.

Anyway, red dot. It is getting closer, it is a swirling sphere actually; I can see it glowing, reminding me of some three dimensional spheres I have seen somewhere. Ah yes, the painting *The Voice of Space* by Magritte; the colour is different and there the spheres (there are more than one in that painting, I do not remember how many) have a line in the middle, but rather than that the glow is the same. Anyway, *The Voice of Space* does sound like a suitable title for the image I try to build in my head, but not for the reason I want to use it. I should forget the stupid painting and concentrate more. Red dot, red dot, red dot. Why would it glow anyway? My infinite dark space has no source of light, the red dot started as a unique self-illuminated object. Nevertheless, now it does look like the light falls to it from the outside. Or maybe there could be a source of light inside it, if we imagine it is hollow. That could work, but it makes it way more complicated than the singular object I need for my meditation. This does not help.

Red dot, red dot, red dot, red dot. I try more, I look at it persistently without any other thought lingering in my mind. This lasts for a time period I cannot determine, which is good; as I am void of thoughts I cannot make time comparisons. Looking at it a lyric pops up: *And the world is like an apple whirling silently in space*. Where was that from, again? Ah, yes, the song *The Windmills of your Mind* from the film *The Thomas Crown Affair*, yet the words came to my mind in the voice of Jose Feliciano, as he played it at a television show, I think, hosted by Johnny Cash.

Now all the lyrics run through my head, along with the scene I have watched several times on Youtube. If I remember it correctly, he is sitting on a stool, playing his guitar, and singing (you can listen to other instruments, but they are not visible, though I do not believe it is lip-synching) and the background is black, looking a bit like the image I tried to force in my head until a few seconds ago.

Screw the red dot, it is not going to help. Much probably this is not how meditation works anyway. Where the hell do I come up with such silly ideas and always this late in the night?

I am sweating all over; this stupid heat does not help either. I wonder if I have closed the door of the freezer properly; a couple of weeks ago I left it open and then everything in the refrigerator became half frozen and I had to throw some stuff away. It will take me less than a minute to go and check, this will get the worry away; I can also drink some water and additionally go to pee, for which I also feel a slight urge. No, no, I firmly refuse to leave this bed until seven thirty when I will have to get up and go to work.

Maybe it would be a good idea to turn the light on and pick *Anna Karenina* again; reading a good novel always relaxes one's mind. On the other hand, I was reading this book a couple of hours ago, until I supposedly got very sleepy, and I turned the light off, leaving the book on the floor with a sound. It did produce a noise that I feared would disturb the neighbour (it is freakin' heavy) and then thinking of the old man downstairs, who is complaining every evening I have friends over, especially my cousin, who has to bring her stupid dog that barks like crazy, my sleep was gone. So, no *Anna Karenina*, that card is already played. Maybe I could masturbate. Nevertheless, I did do that already in the early afternoon, I cannot do it twice in a day, I feel too old for that. It is like medication, you cannot take an overdose of books or masturbation, it may be prove dangerous. Speaking of medication, my sister would suggest that I could use some pill, but I refuse to have such things in the house. I am not going through big problems, neither am I extremely anxious compared with the trends of our age, it is just that I cannot sleep. For some reason.

When I was younger, I categorised insomnia into two kinds (I think I first did that during a sleepless night). The first, the good one as I would say, is when you have some expectation for the next morning, for example, an excursion, or meeting your friends to play. As a kid I used to get difficulties sleeping on such occasions; the anticipation of the beautiful morning to come and the anxiety to make it arrive faster did not let me rest. The bad kind took place when I felt I did not do the things that I wanted to during the day, so it was as if my spirit refused to rest. This I realised a bit later than the former. I also got the idea that maybe one day I will become a grumpy old man, obstinately refusing to die, because my life was shit; yes, this was a gloomy, self-indulging thought, but I was a teenager back then. *As a well-spent day brings happy sleep, so a life well spent brings happy death*, was a quote by Da Vinci that I stumbled upon later. I hope that he did feel it when his time approached; because if he did not, who would?

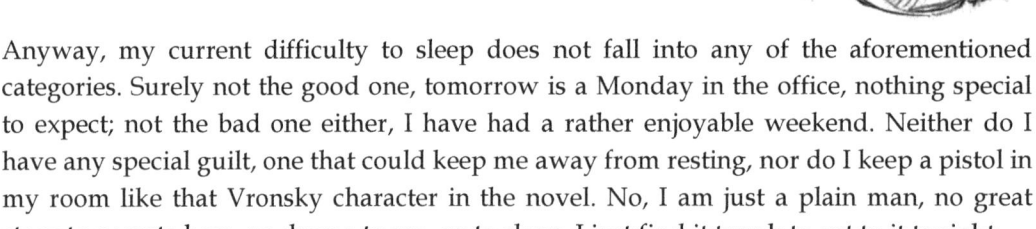

Anyway, my current difficulty to sleep does not fall into any of the aforementioned categories. Surely not the good one, tomorrow is a Monday in the office, nothing special to expect; not the bad one either, I have had a rather enjoyable weekend. Neither do I have any special guilt, one that could keep me away from resting, nor do I keep a pistol in my room like that Vronsky character in the novel. No, I am just a plain man, no great story to narrate here, no drama to see, go to sleep. I just find it tough to get to it tonight.

I wonder: what if this does not happen only tonight, but it is recurring every night? I remember having restless nights before, yet they are seldom. However, what if I have many more but I just cannot remember them? I mean, maybe I get this insomnia every night, I stay restless like now until four or five in the morning, at some time after a long struggle I do sleep, and the next morning I do not remember any of it. It is possible and it can explain why I feel so tired sometimes. I make a mental note to remember this thought when I wake up, so that I can make sure that this is not the case. Nonetheless, if I do not, I will not be sure of anything, I will actually not remember that I did make this thought nor the note to remember it, so it can be a vicious circle that repeats every night. All of this *if* I wake up, because to do this I have first to sleep and I do not feel it coming; and the time is running.

Maybe the issue comes from the fact I sleep alone, my mother would argue, pissing me off. This time she'd be logically correct though, meaning that if I had a girlfriend sharing my bed, she would probably confirm if I was restless all night and I do not remember it.

Now that I think of it, there is an inherent strangeness in sleeping alone. Right now, nobody knows if I am dead or alive; if, for example, I suffered a fatal heart attack in my sleep, my absence would not be determined until tomorrow morning. Until then I would be a bit like Schrödinger's cat: unless someone opens the box to check if it is alive, then it remains in a quantum state between life and death. Not sure if this makes sense; I know I am alive so I cannot be in this example, for myself there may be a quantum stability. Probably tomorrow others will wake up in a parallel dimension where I have died before 02:33 today, but I have already passed this, I will continue surviving in the universe where I am alive. This is a good argument for longevity, by the way.

But what about the others? Everyone I know has some probability of dying tonight; it is much less than 50% maybe, as I believe is the rate in the mental experiment Schrödinger proposed to actually refute quantum theory, but does it change that it is smaller? Even if we say it is down to a tiny 0.000000000001%, still everybody right now is neither dead nor alive. My mother, my sister, my cousin and her dog, the annoying neighbour, Jose Feliciano, my good friend Kevin, that old girlfriend that just vanished without any explanation and that other that caught me cheating on her, my boss who reduced my salary last year due to the financial crisis, the president of the European Union. *All of them zombies*, I think and I picture myself with the frightened look of Mia Farrow as she rearranges the Scrabble pieces in the famous scene of *Rosemary's Baby*. If I did not sleep alone, at least I would be able to check that one more is living - this thought arrived again in the voice of my mother.

Ok, that has gotten too dramatic... Maybe I will just not sleep tonight; it is not a catastrophe, actually. I have gone to work sleepless plenty of times before, sometimes even having a hangover and no one really noticed. Moreover, I have nothing special to do tomorrow evening, I can chill out and go to bed as early as I wish. So let's enjoy the night, I can actually pick up the book, otherwise I will never finish it. But before I do, I am fetching once again in my mind Magritte's spheres. What did they symbolise and why did he put them in so many of his works? They look like small spaceships to me; though I do not have any clue about their size, it is not easy to put them into perspective in these abstract images...

Gotta tell the zombie theory to Kevin tomorrow…

Magritte with his dog guide…
No, I got it mixed up: Magritte was not blind, Jose Feliciano is…
A blind painter, silly…
Anyway, we had a blind composer…
No, I meant deaf…

The spheres are flying around in the green field…

1Q84 is a heavy book to pick up now...
Especially as I am going up that path on the mountain…

~ Georgios Dagkakis

Die Schnapsdrossel – (Spin-off)

Der Mann saß auf dem Baumstamm mit seiner Rum?-Flasche (oder war es Tinte?) und murmelte vor sich hin.

Ich beobachtete ihn aus der Ferne, deshalb konnte ich nicht vernehmen, was er sagte. Doch ich glaube, auch so hätte ihn keiner verstanden.

Er war alt, seine ranzigen Klamotten erinnerten mich an einen Seemann. Er schien in die Ferne des trüben Ostseewassers zu starren. Bewegen tat er sich nur, wenn er gefühlt alle zehn Sekunden einen Schluck von seinem Schnaps nahm.

Sein Sitzen schien sich endlos auszudehnen, so wie sein Gift, das nicht den Eindruck machte jemals leer zu werden.

Die Schnapsdrossel. So nannte ich ihn in meinen Gedanken, während ich ihn weiter beobachtete.

Ich fragte mich - wie oft unter solchen Umständen -, was für ein Lebensweg ihn an diesen Punkt gebracht hatte. Vielleicht war es die Tinte, vielleicht war er von zu viel Lesen verrückt geworden.

Ich saß sicher auf meiner Steinburg. Zum Glück. Die herumlaufenden Hunde hatten <u>mich</u> verrückt gemacht.

Und konnte es mir erlauben in Gedanken zu flanieren.

Zurück zur Drossel.

Irgendwie hatte es etwas seinem Rhythmus zu folgen, die ewige Wiederholung des Gleichen...

Und so befand ich mich allmählich im inneren Bau meiner Erinnerungen und eine kleine, vergessene Spiegel-Tür aus einer längst verstaubten Ecke ging auf.

Als ich hindruchtrat, befand ich mich in einem Café. Erstes Studienjahr. Unsere fünfköpfige Gruppe sitzt um einen - wie immer an diesem Ort - wackeligen Tisch auf genauso wackeligen Stühlen. (Da ich mich mit Möbelmaterialien nicht auskenne, kann ich dir leider nicht schildern, aus welchem Material dieses Tisch- und Stuhl-Set bestand, für mich sah es etwas pappig aus.)

Jedenfalls lebten wir mit einem andauernden Angstgefühl angesichts der ohnehin schon teueren Getränke jedes Mal, wenn wir dorthin gingen. Machte man eine falsche Bewegung, wie zum Beispiel die Beinposition zu ändern, riskierte man nicht nur <u>seinen</u> Drink, sondern auch alle anderen.

Der wackelige Tisch wackelt und auch wir wackeln mit ihm. In unserem eigenen Fluss.

Und dann. Aus dem Nichts nähert sich unserem Tisch eine Frau, zieht sich einen Stuhl von einem benachbarten Wackelding, während sie uns, ohne auf eine Antwort zu warten, fragt, ob sie sich zu uns gesellen dürfe.

Wir sind alle nicht in der Lage etwas zu erwidern, da sitzt schon diese Frau mit uns am Wackeltisch. Blond. Ende Vierzig, vielleicht über Fünfzig.

Sie hat offensichtlich Redebedarf. Erklärt uns, sie sei eine Biologielehrerin gewesen. Dann berichtet sie, wie toll eine Stunde gewesen wäre, die sie am Strand des Schwarzes Meeres mit ihren Schülern und Schülerinnen nackt gehalten habe – das heißt, alle mussten nackt sein. Sie schwärmt regelrecht davon...

– – Fortsetzung folgt – –

~Mirona C.

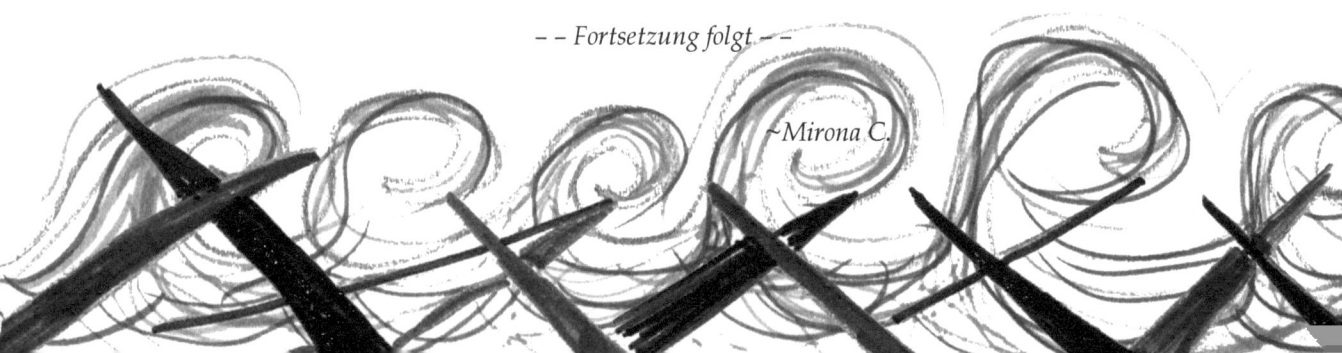

Taubenschlag

Wir sind gespannt auf unsere diesmaligen Gäste

Moira Barrett, Mark Farrier und Katja Schubel,

deren lyrische Arbeiten und poetische Essays uns bereits
haben staunen lassen. Wir möchten ihnen hiermit für die
vielfältig gelungenen Texte danken, mit denen sie diese
Ausgabe abrunden, und freuen uns, sie nun endlich
präsentieren zu dürfen.

~

Lust bekommen? Kontaktiere uns und werde Gast im
Zaraffel-Magazin: *zaraffel@gmx.de*

(Untitled)
Some willows
Lying on the ground
A wisp
A way
Now is action
A becoming of
What has always been becoming
Made of all summers
Before and after

A One
A one a known anon when we did part
Was one who knew right from the very start
A change in rhythm can denote a fall
But we have lived so long upon this ball

The question to pose is not: Who are we?
Another query worthy there might be:
What pleasure down the stars gave us for sight
We'll ponder day and night as if we might

Ride o'er the flossy darkness evermore
And shift the balance and the debt restore
Without the knowledge of a beaten path
Or worry of some dreadful father's wrath

No need to bow at some expected turn
Nor follow what we know but cannot earn.

A Wander
When I one time took a chance to wander
And saw what nature's bounty held in store
I wondered what there was aside from her
How could I live as I had done before?

When seasons fall and constellations spin
We fallen leaves do twist and dance in wind
And watch as categories of life begin
And ponder over all the things we've been

Have you seen or heard the mystic flyer
That soars between the ether and the earth?
I have betimes to tarry in that bower
To realize all the things that we are worth

If to imagine nature is a farce
Then I'm the fool who's travelled on that course

~Mark Farrier

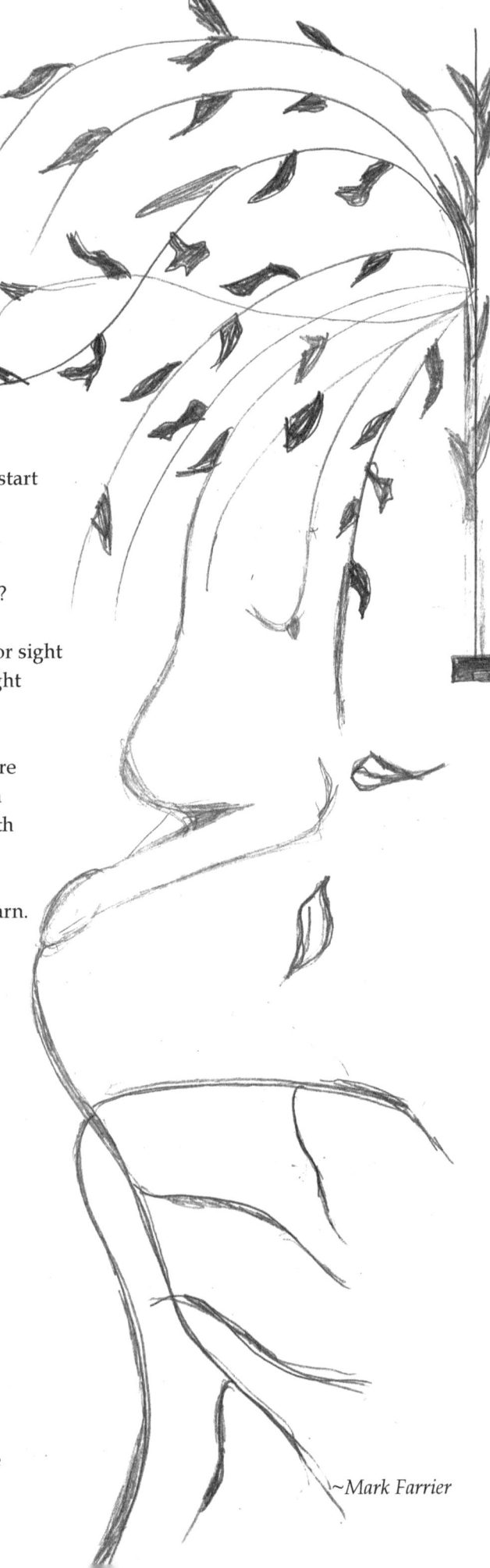

Rigorose Skepsis

Wir lernten uns in einem mehrstöckigen Altbau kennen, hinter dessen brüchiger Fassade die verbrannte Liebe in Tapetenresten von den Wänden rieselte. Du trugst einen roten Rollkragenpullover, eine viel zu dünne dunkle Stoffhose. Nur mit deinem seltsam selbstbewusst Lächeln. Ich hielt meinen Regenschirm in der Hand, der Raum war voller verblasster Farben. Meine Haare hatten die Luftfeuchtigkeit aufgesaugt und kräuselten sich in alle Richtungen. Es war kalt im Schimärenweg 44.

„So", sagst du, und lässt mich in diese Form der Realität eintauchen, als wäre sie mehr als nur die transzendente Gegenwart. „Wir wissen noch nicht zu allzu viel voneinander. Wer bist du?"

Draußen rauscht der Wind in den Bäumen. Aber draußen ist auch drinnen, da die eine Häuserhälfte bereits vor Wochen, Monaten oder gar Jahren in den Abgrund gerutscht war. Im Grunde befanden wir uns in der Hälfte seines Wesens, im Zwiespalt seines Seins. Die Vergangenheit klang auf, mit jedem Zentimeter Asphalt, den der Regen küsste. Zwischen den schweren Sekunden lagen unruhige Tropfenschläge, so wie auch der Schmutz der Zeit an die Innenseiten der Fensterscheiben gefallen war.

„Ich finde, der Sturm erzählt davon, wie vergessen dieser Ort ist, und wie besucht doch vor Jahren noch. Als würden all die Stimmen, die hier einst eingezogen sind, noch immer in Gesprächen schwingen. Immer wieder erzählen, was schon längst erzählt wurde. In Endlosschleifen neue Runden drehend. Ich fürchte, ich muss dich enttäuschen. Mehr habe ich dazu nicht zu sagen."

Ich lache. Du siehst mich irritiert an. Deine braunen Augen sind die einer Schauspielerin kurz vor der Bühne, wach, aber verschwiegen; innerlich die eigene Identität wechselnd, äußerlich solide. Ich mag, wie sie jetzt nach Verständnis suchen, vom Weg abgekommen, und dein Blick dabei ohne Orientierung auf dem morschen Holz dieses ehemaligen Wohnzimmers hängen. Die Miete für dieses Gebäude könnte keine von uns beiden sich leisten, wenn es doch nur noch Bestand hätte, wären wir trotzdem nur die, die hier vorbeigingen. Unsere Blicke würde sein Äußeres streifen, ohne einen Gedanken darüber zu verschwenden, hier jemals einen Fuß hineinzusetzen. Jedenfalls nicht als Bewohnerin. Dieses Haus war nie für uns, unbezahlbar. Auch so, wie es jetzt ist, so kaputt und verwachsen mit der Natur – da drüben fängt ein Baum an zu wurzeln und streckt seine Äste empor, wo einst die Eingangstür gewesen sein mag – so sieht es dennoch nicht weniger nach Sehnsucht aus.

„Ich weiß, dass du nicht die bist, die du zu sein vorgibst."

Ein wenig fürchte ich, dass das leere Fensterbrett neben uns mit deinem Satz in die Tiefe fällt. Es bleibt wo es ist, so wie ich, hier wo ich stehe - und du wartest. Meine Reaktion lässt das zu, denn ich atme ein. Dann trete ich drei Schritte rückwärts, schiebe den Vorhang hinter mir auf. Das Unwetter erlischt, ich drehe mich um, und du bist verschwunden. Vor mir hängt nur ein Spiegel, der mich verhalten mustert. Dass sind meine Augen. Du bist ich.

Immer noch.

Und niemand wünscht mir (mehr) „Guten Morgen".

Und auf dem Küchentisch stehen keine Blumen, überall altes Geschirr. Der Kühlschrank ist leer. Ich esse eine unverhofft entdeckte Banane, während ich Kaffee mache und dabei zwischen halb gepackten Kartons tanze. Der Himmel ist zu blau, heute, um ihn zu mögen. Aber ich muss es versuchen, denn er hat gerade erst begonnen.

~Katja Schubel

Pilgrimage

A slick black rock
crowns the hill across the valley
from Edinburgh's university
where Rodanthí, her back to a wall of windows,
keystroke-commands Apollinaire's calligrammes
to rearrange gracefully into English on the smart board
        but against that backdrop of rock
        rising uncompromising from the Earth
        radiating packed wet mass through the fogged up glass
        a big piece of no-place-like-home
        beckoning from behind my future friend
            the letters float more sluggishly than they should.

        After class I make my way along the valley's mossy rim
                to touch the old body with both hands
                    and push my shoulder up against something immovable.

    I meet Rodanthí again in Athens
    her hometown, and *WHERE EUROPE BEGINS*
    the signs at every ticket booth inform me
    another university pilgrimage to an origin story site
    another city erected around an old rock.
Greek rock lacks Scotch rock's ability
to absorb light and emanate force
instead, the creamy soft-peaked acropolis
is smooth under my bare feet
and refracts white-gold sun into shimmering blue air
without thinking twice.

        there is nothing lighter than Greek light
        says Schiller says my teacher
        this sky-cult graveyard
        is no home of ours

            that night we eat thick pasta with sweet cheese
            order many unmarked carafes of Rosé
            and feed our scraps to stray cats
        sometimes off-season, says Rodanthí,
        you look up to find some of the acropolis missing
        temporarily taken down for cleaning
                told you that rock was flighty

            I ride home on the back of a moped
        to sleep in a room tiled in marble

        at this smoothfaced beginning of history
                    I for one
                        am unusually carefree.

                ~ Moira Barrett

SCHLAFITTCHEN

Hier gibt ein Zaraffel Einblick in seine Arbeit. Wir packen uns eines und stellen es zur Rede!

… normalerweise, denn *Chen-Ruis* Zeichnungen schleichen unbemerkt schon fast durch die **gesamte Ausgabe**. Auf den folgenden Seiten präsentiert sie ihren Comic:

„*Fragments of Life*"

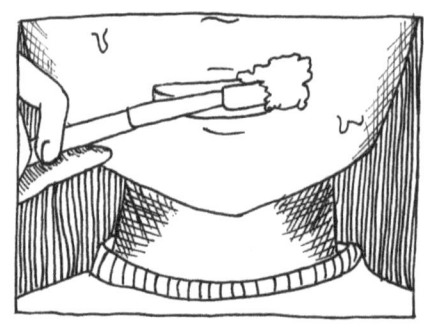

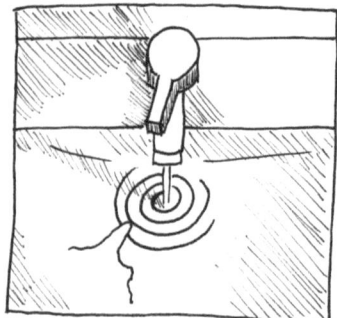

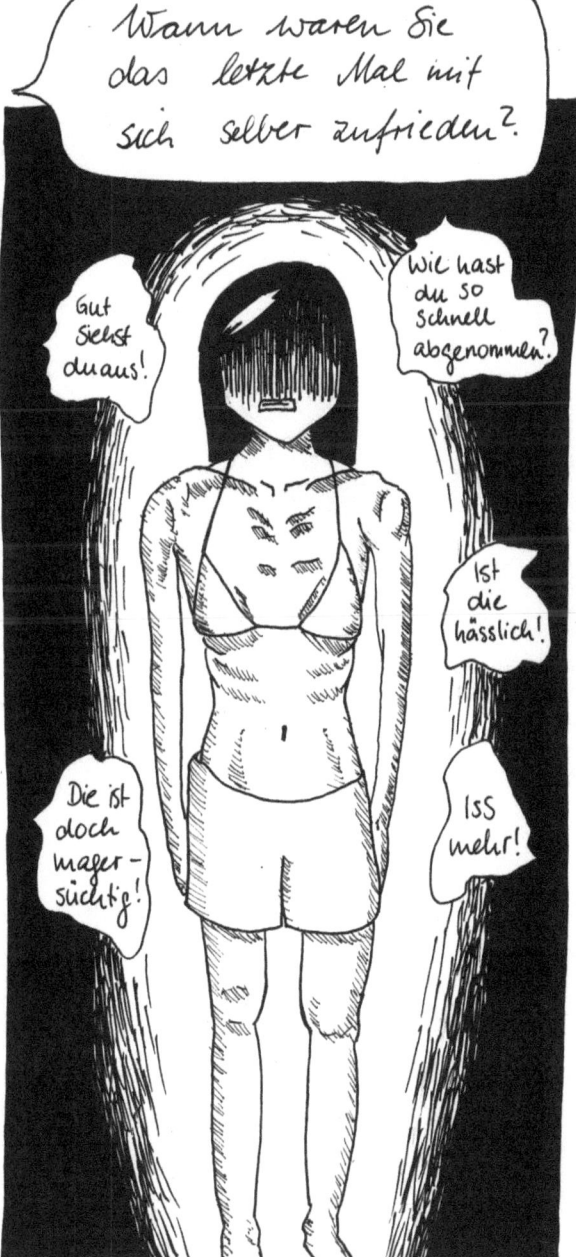

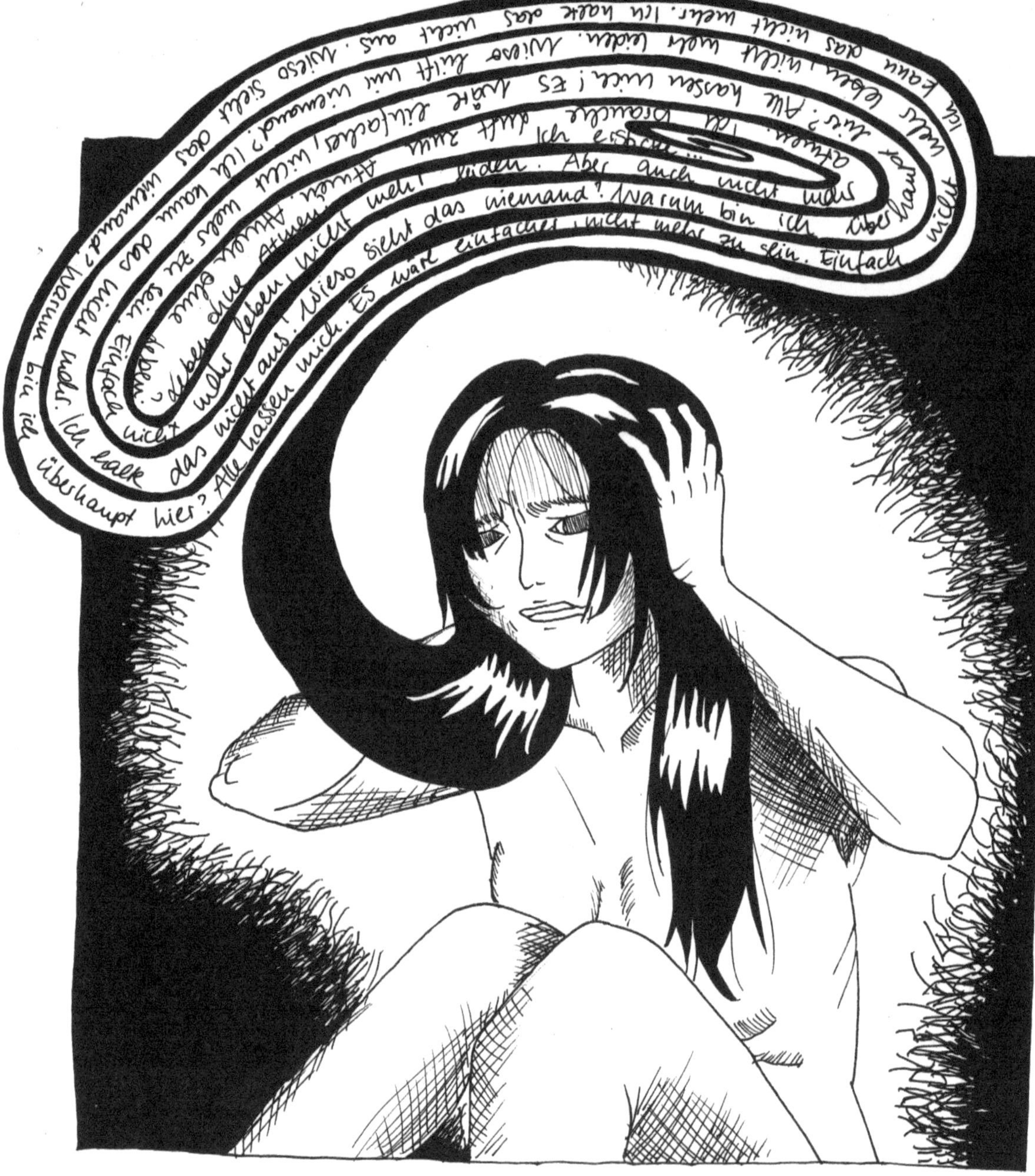

Das ist Ihre Entscheidung.

BEREITS ERSCHIENEN

Erschienene Ausgaben können über den herkömmlichen Buchhandel und über den BoD-Online-Buchshop auch international bezogen werden.

Alternativ sind alle Veröffentlichung der ZGB im Raum Berlin auf **Spendenbasis gegen ihren Nettodruckpreis** erhältlich.

Zaraffel 01/2021
Literaturmagazin

Print ISBN: 97837526198817
Autoren: Zaraffel Gruppe Berlin

Preis: 8,- €; 48 S.

Zaraffel 02/2021
Literaturmagazin

Print ISBN: 9783753462431
Autoren: Zaraffel Gruppe Berlin
& Rika Sakalak

Preis: 8,- €; 60 S.

Tagebuch der
sanften Quarantäne -
eine literarische Erzählung

Print ISBN: 9783752605167
E-Book ISBN: 9783752603187
Autor: Erik Eising

Preis: 7,- €; 102 S.